커서 마스터
Cursor Master

커서 마스터 1
Cursor Master

초판 1쇄 인쇄일 2017년 5월 24일 ㅣ **초판 1쇄 발행일** 2017년 5월 29일

지은이 장성필 ㅣ **펴낸이** 곽동현 ㅣ **담당편집 팀장** 이범수
편집부 신연제 이윤아 홍현주 김유진 임소담 정요한

펴낸곳 (주)조은세상 ㅣ **출판등록** 제 2002-23호
주소 경기도 연천군 미산면 청정로 1355
TEL 편집부 02)587-2966 ㅣ FAX 02)587-2922
e-mail bukdu@comics21c.co.kr

장성필 ⓒ 2017
ISBN 979-11-6171-009-9 ㅣ ISBN 979-11-6171-008-2(set) ㅣ 값 8,000원

장성필 현대판타지 장편소설 ① NEO MODERN FANTASY STORY

커서 마스터
Cursor Master

북두
(주)좋은세상

CONTENTS

커서 마스터
Cursor Master

커서 마스터
Cursor Master

0. 프롤로그

커서 마스터
Cursor Master

조화와 균형의 상징이 되어야 할 천계에 약간의 소란이
발생했다.

통찰안(洞察眼)에 문제가 생긴 것이다.

'통찰안'이란 신들이 사용하는 물건으로 인간의 물건과
비교하자면 컴퓨터와 비슷하다고 할 수 있다.

인간이 사용하는 컴퓨터와 비슷한 일을 하지만 그 능력
이 초월적이고 방대한 기능을 내포하고 있어 신들의 편리
를 도와주는 물건이다.

대부분의 차원우주와 함께 인류뿐만 아니라 이계 종족들
의 모든 역사와 행동의 기록을 담은 초차원적인 정보 집합체
'아카식 레코드'도 이것을 통해 모두 정보화 되고 저장된다.

기존의 구시대적인 기록 장치를 대체하기 위해 통찰안이 생겨난 것도 벌써 1만년이 넘었다.

그리고 그 동안 통찰안은 많은 기술발전을 거치면서 점점 그 사용의 편리함이 더해졌다.

그러다가 최근 인간들의 과학이 급속도로 발전하면서 신계의 기술도 덩달아 발전한 것이다.

특히나 컴퓨터의 등장을 주목하던 신들은 통찰안 역시 인간의 컴퓨터를 벤치마킹해서 대대적인 개혁을 시행했으며 그대로 신기술에 적용시켰다.

그 덕분에 이 통찰안은 인간의 컴퓨터와 유사한 형태로 발전하게 된 것이다.

최근 여러 차원이 복잡하게 얽히며 신들의 업무가 급격하게 늘어나고 있었는데, 통찰안의 발전으로 다양한 문제들을 수월하게 커버할 수 있었다.

어떤 신들은 이것을 혁명이라며 부르짖었고, 인간에 대한 지원을 대폭 늘려야 한다고 주장했지만 그런 균형과 조화를 무시한 의견은 당연하게도 모두 묵살되었다.

그리고…….

신계의 반대 세력인 마계의 경우, 인간의 기술을 천계보다 더욱 적극적으로 수용한 덕분에 그들이 사용하는 마안(魔眼)은 통찰안보다 더 강력한 성능을 발휘하고 있었다.

어떤 신들은 이것을 상당히 불안하게 여기고 통찰안의

업그레이드를 주장하기도 했다.

어쨌든 인간의 컴퓨터를 벤치마킹한 통찰안의 등장으로 신들의 업무는 최소한으로 줄어들었고 삶은 여유롭고 윤택해졌다.

바야흐로 신계에도 기술의 시대가 열린 것이다.

그런데 인간의 기술을 가져오면서 자잘한 문제도 동반되었다.

버그, 바이러스, 혹은 해킹까지…….

대부분은 마계의 비겁한 수작이라고 여겨지는 문제들이었다.

하지만 어차피 그 정도의 방해로는 피해 정도가 미미했으며, 몇몇의 불편을 감안하더라도 통찰안은 충분한 메리트가 있었기 때문에 신들은 그런 사소한 문제들을 무시하고 있었다.

그런데 이번엔 전혀 뜻밖의 일이 발생했다.

화면 속 마우스 포인터, 즉 커서(cursor)가 사라져 버린 것이다.

통찰안, 아니 신의 컴퓨터에서도 가장 중요한 도구인 커서의 실종으로 인해 시스템이 완전히 마비될 정도로 큰 문제가 발생해버린 것이다.

그중에서도 가장 큰 문제는 차원 간의 간섭이었다.

분명하게 분리되어 관리되던 차원들이 만능 커서의 실종으로 인해 결국 혼란을 겪게 되었다.

11

그로 인해 천계의 업무에 크나큰 차질이 생겨 수많은 천계의 학자들과 기술자들이 자신들의 일을 중단하고 이 문제를 해결하기 위해 투입되었다.

그리고 통찰안의 정상가동을 위해 최고의 기술 요정들이 투입되었으나 커서가 사라진 버그는 쉽게 잡히지 않았고, 결국 업무용 백업파일을 분리한 후 대대적인 포맷이 실행되었다. 그리고 결국 천계용 OS라고 할 수 있는 'SKY XP'를 다시 설치할 수밖에 없었다.

정확히 설명하자면 통찰안을 유지 관리하는 소프트웨어 부분을 완전히 소멸시킨 후에 처음부터 다시 만들어내는 과정을 거친 것이었지만 인간의 컴퓨터를 기준으로 설명하면 그냥 윈도우를 재설치하는 과정이라고 할 수 있었다.

그렇게 요정들이 쉬지 않고 작업해서 통찰안의 기능을 다시 정상으로 돌려놓고야 신들도 겨우 다시 쌓여있던 업무를 처리할 수 있게 되었고 그제야 천계도 원래의 평온한 모습으로 돌아갈 수 있었다.

비록 모 차원의 인간계에 조그마한 균열이 생기긴 했으나 그럭저럭 그 인간들도 차원의 균열에 적응해 가는 걸로 보여 그나마 다행이었다.

그리고 그 일이 있은 후, 한 명의 원로가 모두에게 이런 질문을 던졌다.

"도대체 그 화살표는 어디로 간 것이오?"

그 질문에 잠시 정적이 흐르다가 모든 신들이 그 엉뚱한 발상에 크게 웃고 말았다고 한다.

도대체 컴퓨터 속 마우스 커서가 가긴 어딜 간단 말인가?

평소 통찰안의 사용을 전혀 하지 않는 그 원로의 어리석은 질문이라고 생각한 것이다.

모든 신들은 간만에 재밌는 농담이었다며 그 원로를 치켜세웠고 한동안 다른 신들에게도 이 엉뚱한 질문이 농담의 소재가 되곤 했다.

그러나…….

정작 기술적인 부분을 책임지고 있던 요정들은 그 농담에 전혀 웃지 못했다는 것은 아무에게도 알려지지 않았다.

커서 마스터

Cursor Master

1. 그냥 회귀해 버렸다

커서 마스터
Cursor Master

1. 그냥 회귀해 버렸다

뚜벅. 뚜벅.

겨울 밤 늦은 저녁시간 중년의 사내가 비틀거리며 도로 변 인도를 걷고 있다.

정돈되지 않은 머리와 거친 수염이 마치 노숙자의 모습과 닮아 있다.

그가 다가오자 주변을 거닐던 사람들은 그의 추레한 외모와 몸에서 풍겨오는 악취에 얼굴을 잔뜩 찌푸리며 이리 저리 피해간다.

"꺼억. 좋다."

그의 근처 전자제품 가게에선 커다란 홀로그램 TV에서 입체 영상 뉴스가 흘러나오고 있었다.

─……이번에 발견된 던전은 이전에 비해 강력한 몬스터가 다수 포함되어 있을 것으로 판단되며 등급은…….

지나치던 몇몇의 사람들은 뉴스에 관심을 보이며 창가에 서서 바라보기도 한다.

언제나 던전과 관련된 뉴스는 사람들의 이목을 끌었다.

그러나 술에 취한 중년의 사내는 그런 것 따위엔 별로 관심을 가지고 있지 않은지 연신 작은 소리로 노랫말을 중얼거렸다. 그리고 가사가 막혔는지 몇 번 반복을 하다 곧 짜증스런 목소리로 투덜거렸다.

"쳇, 머리가 맛이 갔다더니 이젠 이런 것도 떠오르지 않네."

그리고는 곧 자조 섞인 표정을 짓는 중년 사내.

그의 이름은 유정상.

올해로 48세가 된 남자다.

띠리리리.

주머니 속 휴대폰이 울리자 주섬주섬 바지를 뒤적거린다. 반투명한 사각의 휴대폰을 꺼내자 그 위로 고령 여성의 얼굴과 함께 '울 엄니'란 글씨가 홀로그램으로 떠오른다.

그것을 확인한 유정상이 한숨을 쉬더니 이내 웃는 표정을 지어 보이며 곧바로 통화 버튼을 눌렀다.

─아들, 어디야?

"어이쿠, 엄마, 어쩐 일이우?"

-오늘 네 생일이잖니. 그런데 빨리 안 들어오니까 걱정
돼서 그러지. 그런데 아들, 목소리가 왜 그래? 술 먹었니?

"응. 친구들이랑 한잔 했지. 생일이니까."

-생일엔 가족이랑 보내야지. 그런데 지금도 친구들이랑
있는 거니?

"아니, 지금은 헤어지고 집으로 가는 중이지."

마치 어린 아들을 대하듯 말하는 노모와 웃으며 맞장구
치는 유정상.

사실 그의 노모는 몇 년 전 치매판정을 받고 요양소에서
지내고 있었지만, 종종 옛날로 돌아간 사람처럼 자연스럽
게 행동하는 모습을 보였다.

유정상이 20대 시절, 늘 전화 통화를 하며 아들의 안부
를 걱정하던 어머니의 그 감정으로 말이다.

특별한 것은 치매 상태임에도 불구하고 그의 생일에는
어김없이 전화를 걸어왔다.

-오랜만에 네가 좋아하는 고기산적 해놨으니까 어여
와.

어릴 적부터 생일이면 그녀가 아들을 위해 늘 준비했던
요리다. 하지만, 지금은 그저 예전의 기억으로 전화를 걸고
있을 뿐이니 고기산적이 있을 리가 없다.

그런 것을 알고 있던 그였지만, 오늘도 평소처럼 그녀의
말을 받아주었다.

"어이쿠, 맛있겠는데?"

-그래. 그리고 네 누나가 너 먹으라고 빵집에서 맛있는 케이크 사왔으니까 빨리 들어와서 한 조각이라도 먹어.

"먼저 드시지."

-그래도 주인공이 없는데 그럴 수 있나?

"역시 엄마는 의리왕."

-싱겁기는…. 그리고 네 누나도 기다리고 있으니까.

"네네. 얼른 들어갈게요."

-그래. 빨리 와.

"네. 엄마."

예전처럼 엄마로 불러줘야 좋아하셔서 이런 나이에도 계속 엄마라고 불러드린다.

그렇게 웃음기를 머금은 채로 전화를 끊고 나서 점퍼의 주머니에 두 손을 푹 찔러 넣고는 계속 비틀거리며 길을 걸었다.

"고기산적인가? 어쩐지 먹고 싶네."

하지만 집에 가봐야 고기산적이 있을 리도 없고, 누나가 케이크를 사 왔을 리도 없다.

당연하게도 지금 이 시간 그의 집은 비어있을 것이기 때문이다.

혼자 숙식하는 조그마한 원룸.

이미 가족은 뿔뿔이 흩어져 지낸지 오래다.

자신이 살고 있는 집에 손님이 마지막으로 찾아온 게

몇 년 전이었는지 기억조차 가물거릴 정도였으니까.

사실, 누나는 두 명의 자식을 키우기 위해 지금도 식당에서 아르바이트를 하고 있을 것이다. 몇 년 전, 남편이 사고로 사망하는 바람에 혼자가 되어버린 누나는 두 아이의 엄마로서 그를 신경 쓸 여유는 없었다.

오늘은 어쨌거나 그의 생일.

그 역시도 사실은 친구들과 어울리지 않았고 그저 혼자 포장마차에 앉아 소주를 마셨을 뿐이다.

그동안 이런 일 저런 일 겪으며 살다보니 이제는 만나는 친구도 거의 없다시피 한 그였다.

"큭큭 뭐, 인생이 다 그런 거지."

자조 섞인 음성으로 중얼거리는 유정상.

사실 오늘은 그의 생일임과 동시에 충격적인 사실을 알게 된 날이기도 했다.

그저 오랫동안 시달렸던 만성 두통으로 별 생각 없이 병원에 들렀던 그는 '뇌종양'이라는 청천벽력과 같은 판정을 받은 탓이다.

애초에 뇌종양이라는 것도 충격이었는데 손쓰기 어려운 상태까지 진행되어버렸다는 의사의 소견까지 들으며 제정신이 아니었던 것이다.

"인생 참. 별거 없구나."

문득 자신의 인생을 되돌아보자 참 한심한 삶을 살았다는 생각이 들었다.

20대에 9급 능력자로 각성해 20여 년 동안 던전에 다니며 열심히 살아온 덕분에 나름 돈도 모았고, 결혼한 뒤 아들 하나를 키우며 그럭저럭 남부럽지 않게 살아왔었다.

그러나 그가 속한 팀의 무모한 던전 탐사에서 오른팔을 잃었고, 설상가상 몬스터에게 공격당한 여파로 몸속의 각성 세포가 파괴된 탓에 능력자로서의 힘도 모두 잃어버렸다.

그 때문에 그는 일자리를 잃어야만 했고, 가족도 그의 곁을 떠나고 말았다.

아내는 그가 능력을 잃고 병원에 입원한 지 두 달 만에 이혼을 요구해왔고, 18살의 아들은 엄마를 따라가 버렸다.

그 기막힘에 어이가 없었지만, 집요한 요구에 결국 이혼 서류에 사인을 했고 그렇게 그는 혼자가 되어버렸다.

그런데 그런 일이 있은 지 1년이 되지 않았는데 이젠 뇌종양 말기라니, 기가 찰 뿐이었다.

"이렇게 막장으로 끝나버릴 인생이었나?"

비틀거리며 걷던 발걸음을 멈추고 뻐딱한 자세로 자신의 오른손을 내려다 봤다. 사람 손을 어설프게 흉내 낸 기계 의수를 바라보며 쓴웃음을 지었다.

어느새 자신이 살고 있는 동네 근처의 조그마한 다리 위를 지나고 있다는 사실을 깨닫고는 걸음을 멈추고 멍하니 하늘을 바라보았다.

그러자 그의 게슴츠레한 눈으로 밝게 사방을 비추는 보름달이 보였다.

어릴 적이나 나이를 먹어서도 늘 한결같은 달의 모습이 오늘따라 신비롭게 보인다.

"좋구나. 좋아."

비틀거리며 다리의 난간 쪽으로 걸어간 뒤 두 팔을 턱하니 기대며 달을 바라보고 있으니 울적함도 조금 사그라졌다.

오늘따라 유달리 밝은 달이 그의 상처로 얼룩진 마음을 치유해주는 느낌이 들었다.

이렇게 뒤돌아보니 48년의 인생사가 한순간의 꿈처럼 느껴졌다.

"인생사가 허망하다는 말이 이해가 되는구나."

푸념 섞인 음성으로 담배 한 개비를 꺼내어 물었다.

주머니에서 라이터를 찾으려 이리저리 뒤적거리다 뭔가를 느끼고는 밤하늘을 바라보았다.

그리고 그때.

하늘에서 뭔가 반짝거리는 동시에 길게 꼬리를 늘어뜨리며 날아가는 것이 보였다.

"별똥별인가? 오랜만이네."

별똥별이 보일 때 소원을 빌면 그것이 이루어진다는 미신이 생각났다.

유치한 이야기라고 생각했었다. 하지만 솔직히 지금은 그것을 진심으로 믿고 싶어졌다.

그래서 짧은 순간이나마 마음속으로 희망했다.

'다시 기회가 있다면 어머니께 효도하고, 누나한테도 잘 하고 싶다.'

한 번도 제대로 된 효도를 해본적도 없고, 누나에게 언제 나 도움만 받았을 뿐 뭔가 해준 기억이 없는 그였기에, 그 것이 이 순간 가장 아쉬웠다.

죽을 때가 되니 이런 생각을 하는 자신이 지독히 한심스 럽지만 되돌릴 수 없었다.

그렇게 생각하는 사이 별똥별은 어느새 시야에서 사라져 버렸다.

어릴 적 시골에서 본 후론 처음 보는 별똥별인데 너무 삽 시간에 사라져버려 조금 아쉽다는 생각이 들었다.

그렇게 생각하며 하늘을 올려다보니 새삼 자신이 살고 있는 세상이 얼마나 작고 보잘것 없나싶었다.

그리고 동시에 자신이 처한 상황을 받아들이는 것도 나 쁘지 않다는 생각을 했다.

다시 주머니를 뒤적거렸다.

아직 불을 붙이지 못한 담배를 물고 있었던 탓에 라이터 를 찾기 위함이었다.

"젠장, 라이터를 어디에 둔거지?"

투덜거리며 담배를 입에서 떼던 그 순간.

하늘에 사라졌던 빛이 다시 나타났다.

"응? 아까 그 별똥별인가?"

별똥별이 다시 모습을 드러냈다고 생각했는데 어째 빛이

처음 봤던 것보다 더 강하다.

다른 놈인가 하며 그것에 집중했는데 꼬리를 길게 늘어뜨리며 날아가던 방향이 일순간 바뀌었다.

그렇게 길게 꼬리를 그리며 움직이는 방향은 아래 쪽.

뭔가 심상치 않은 속도로 이동하자 어째 싸한 기분이 든다.

방향이 아래인데다가 점점 빛이 강해지는 기분이 들었기 때문이다.

자세한건 알 수 없었지만 방향으로 봐서는 그가 서있는 곳 인근에 떨어질지도 모른다는 생각이 들었다.

그런데 시간이 흐를수록 빛의 꼬리는 보이지 않고 그 크기만 점점 커지자 그의 의심이 점점 실체화되기 시작했다.

전신이 경직되는 것 같은 충격이 그를 흔들었다.

"어? 여, 여기로 날아오는 거 아니야?"

유정상의 머릿속이 백지장처럼 하얗게 변해버렸다.

슈아아아아아.

굉음을 뿌리며 사내에게 무서운 속도로 날아오는 강렬한 빛.

"뭐, 뭐야?"

이런 건 경험해 본적은 없었지만 영화에서 많이 등장하는 모습이었다.

짧은 찰나 머릿속은 이런 저런 생각이 뒤엉켜 복잡해졌다.

술에 취하긴 했지만 지금 이 순간 제정신이 아닐 정도로 인사불성 상태는 아니다.

어쨌거나 현실상황 정도야 파악할 정도의 이성 정도는 남아 있었다.

빛의 크기가 점점 커지는 걸로 봐서는 어쨌든 그 크기가 만만치 않을 것이 틀림없다.

불길한 예상이 머릿속을 가득 채운다.

커다란 불덩이가 하늘에서 떨어지고, 그것이 지상에 부딪쳐 거대한 폭발을 일으킨다. 그리고 그것으로 인해 핵폭발과도 같은 엄청난 불덩이가 사방에 퍼질 것이고, 이 도시는 온통 불바다가 될 것이다.

어쩌면 커다란 지진도 동반되며, 인근 바다에서는 엄청난 해일이 생겨 도시들을 집어삼킬지도 모른다.

사내의 상식으로도 저 정도 크기의 빛 덩어리라면 지금 있는 도시에 상상하기 힘든 피해를 줄 것이라는 걸 예상할 수 있었다. 하지만 문제는 자신뿐만 아니라 엄마와 누나까지 위험할지도 모른다는 것이다.

짧은 순간에도 수많은 생각이 머리를 스쳤고, 한편으로는 이렇게 어이없이 죽는다는 사실이 황당하기도 했지만 본인이야 어차피 뇌종양 말기라 그리 아쉬울 것은 없었다. 그러나 어머니와 누나는 지금 그에게 유일한 가족이었다.

'빨리 피하라고 연락을 해야 하는데.'

머릿속은 분주하게 움직이며 많은 생각을 했지만 몸이

그것을 제대로 따라주지 않았다.

그리고 그런 생각이 머리를 스치는 사이 눈앞이 번쩍거리며 시야가 확 밝아지는가 싶더니 곧 의식을 잃고 말았다.

❖ ❖ ❖

"으아아아아악!"

침대에서 머리를 번쩍 치켜들었다.

"헉. 헉."

땀을 뻘뻘 흘리며 멍한 모습으로 잠시 있다 곧 정신을 차렸는지 주변을 두리번거린 사내가 침대 곁에 잇던 물병을 병째로 벌컥벌컥 들이켰다.

"꿈이었나?"

커다란 빛이 자신을 덮치던 마지막 순간을 떠올린 유정상이 이마에 흐르는 땀을 소매로 닦았다.

그리고 멍한 상태로 잠시 있던 그가 창문 쪽을 바라보았다.

커튼 사이로 비치는 햇빛이 강하다.

아무래도 오후쯤인 것 같았다.

그리고 인상을 잔뜩 찌푸렸다.

머리가 멍하고 정신이 아득해지는 기분이 들었던 것이다.

"크으. 얼마 마시지도 않았는데."

어제 마신 술이 원인인가 싶은 마음에 한참을 멍한 모습으로 앉아 있다가 문득 어제 병원에서 들었던 말이 떠오르자 현실을 깨닫고는 한숨을 쉬었다.

"휴."

뇌종양이라던 의사의 말이 꿈이었으면 했었는데, 결국 그것은 꿈이 아니었던 것이다.

마지막의 빛은 좀 이상하긴 했지만, 술에 취해 있던 상태여서 그런지 그건 기억이 잘 나지 않는다.

한참을 그렇게 우울한 표정을 짓던 그는 이내 정신을 차리고는 벽시계를 바라보았다.

그런데 벽시계가 있어야 할 자리에 커다란 영화포스터가 붙어있다.

"어?"

뭔가 이상함을 느낀 유정상이 멍한 표정으로 한참동안 그 포스터를 바라보았다.

오래전에 본 유명한 SF영화 포스터였다.

"예전에 내 방에도 저런 게 붙어 있었지."

그렇게 생각하며 고개를 돌려 사방을 둘러보았다.

그런데 뭔가 이상했다.

자신이 사는 원룸이 아니었던 것이다.

"여기가 어디야?"

분명 자신의 방이 아닌 건 분명한데 어째선지 익숙한 느낌이 들었고, 그 이유는 곧 기억해 낼 수 있었다.

"앗, 여긴?"

결혼 전 어머니와 누나와 함께 낡은 아파트에서 살았던 당시, 자신이 거주하던 방이었다.

놀란 마음에 벌떡 일어난 유정상이 서둘러 방을 기웃거리기 시작했다.

이미 기억의 저편으로 사라졌던 방의 모습.

그러나 지금 보니 모든 것이 생생하게 떠오른다.

자신이 어릴 적부터 사용하던 책상과 의자, 그리고 작은 옷장.

벽에 붙어있는 여러 장의 영화 포스터들.

한때 영화광이었던 자신을 떠올리자 황당해 하면서도 어쩐지 입가에 미소가 어린다.

"지금 꿈을 꾸고 있는 게 분명해."

그렇게 멋대로 납득하고 나니 긴장이 풀어졌다. 그리고는 여유 있는 얼굴로 방안을 둘러본다.

꿈이라고 해도 이렇게 옛 추억에 잠길 수 있다면 그리 나쁘지는 않은 기분이다.

잠시 동안 감상에 잠겼다가 곧 방문을 열고 거실로 나갔다.

"이곳도 그대로네."

역시 그립던 그 모습 그대로다.

오래된 TV에 낡은 소파, 베란다의 작은 화분들.

부엌의 식탁엔 반찬들이 덮개에 덮혀 있다.

그곳으로 다가가니 조그마한 쪽지가 놓여 있는 게 보였다.

[네 생일이라고 엄마가 고기산적 구워놨으니까 그거 데워서 먹으면 되고, 케이크도 아침에 사다놨으니 냉장고에서 꺼내 먹어. 아침에 같이 먹으려고 했는데 너무 깊이 잠들어서 못 깨웠다. 늦었지만 생일 축하해. 내 동생. −누나가−]

뭔가 오글거리는 글이었지만 누나는 곧잘 이런 메모를 남기곤 했었다.

그런데 메모를 읽다보니 너무나도 사실 같은 모습에 미간을 살짝 찌푸린다.

지금의 상황이 너무 생생한 느낌이라 고개를 갸웃거렸다.

"이거 정말 꿈인가?"

집안을 둘러볼수록 기분이 점점 이상해졌다.

모든 것이 현실적이라 혹시나 하는 생각에 TV를 틀어봤다.

오래전에 나왔던 방송이라는 건 금방 알 수 있을 정도로 촌스럽고 조잡한 화면, 거기다 방송도 오래전에 본 기억이 있는 오락프로그램이었다.

"설마."

후다닥 창밖으로 다가가 바깥을 바라보았다. 정말 예전에 살던 아파트 단지가 분명했다.

달력을 확인해 봤다.

2017년 2월.

정확히 26년 전이다.

그저 꿈속의 환상정도로만 생각하다 곧 그것이 아니라는 사실을 실감하며 황당한 얼굴로 이리저리 분주하게 움직였다.

그리고는 곧바로 자신의 손을 들어보았다.

자신이 기억하고 있는 손과 전혀 다른 손.

"멀쩡하다……."

역시나 기계의수인 오른손도 멀쩡한 상태.

왼손을 들어 오른손을 천천히 쓸어보았다.

손끝을 스쳐지나가는 감각이 고스란히 전해져 왔다.

간단한 동작을 할 때도 본연의 것이 아닌 듯 이질감이 느껴지던 의수가 아니었다.

본래의 손으로 돌아온 것을 보니 감격스럽기까지 했다.

그리고 손을 들어 얼굴도 만져본다.

피부가 매끄럽다.

거칠던 자신의 얼굴의 피부와는 전혀 다른 부드러움이다.

"과, 과거로 정말 돌아온 거야? 어떻게?"

황당한 얼굴로 멍하게 서 있었다.

도대체 이런 일이 어떻게 가능한 것인지 납득할 수 없었던 탓이다.

그렇게 멍한 얼굴로 서 있다 이내 정신을 차렸다.

그리고는 욕실로 들어갔다.

너무 흥분한 탓에 열이 올라 찬물에 세수라도 하면 정신
이 번쩍 들지 않을까 싶어서였다.

욕실 안으로 들어선 후 세면기의 수도꼭지를 들어 물을
틀었다.

그리고 거울을 바라보았다.

"아…."

젊어졌다. 확실히 오래전 기억 속의 얼굴.

내게도 이런 시절이 있었나 싶었던 그런 젊음이 거울 속
에 보였다.

그런데 뭔가 이상했다.

머리 위에 낯선 뭔가가 보였기 때문이다.

자신도 모르게 거울을 바라보며 경직되어버렸다.

잠시 잠깐의 정적이 흐르고 난 뒤.

"으아아악!"

순간적으로 거울에 비친 자신의 모습에 경악한 유정상이
비명을 지르고 말았다.

부스스한 머리 위에 팔뚝만한 뭔가가 꽂혀 있었기 때문
이었다.

"으악! 뭐, 뭐야?"

너무 놀란 나머지 심장이 바깥으로 튀어나올 것만 같았
다.

아무 것도 느끼고 있지 못했는데 언제 저런 것이 머리에 꽂혀 있던 것일까?

곧 정신을 가다듬고 거울 속에 비친 그것을 자세히 바라보았다.

화살표 모양의 하얀색 플라스틱 패널 같아 보이는 모습.

정수리를 기준으로 왼쪽에서 오른쪽으로 살짝 기운 상태로 절반가량이 머리 안으로 박혀 들어가 있는 것처럼 보인다.

"헉."

상식적으로 납득이 되지 않는 모습.

보면 볼수록 두려운 상황이라 온몸이 부들부들 떨려왔다.

'과거로 오자마자 또 왜 머리에 이런 게 박혀있냐고. 이거 빨리 병원으로 가야 하는 거 아니야?'

머리에 저런 걸 꽂아둔 채로 살아갈 수 있을 리 없다.

아니 그보다 언제 이런 게 머리에 박힌 것일까?

과거로 돌아온 것도 황당한 일이지만 머리에 이런 게 박혀 있다니 말이 되지 않는다.

그건 그렇고 어째서 이런 상황에서도 고통이 없는 것인가?

일어나는 동안 아무런 고통도 느끼지 않았고, 거울을 보지 않았다면 저런 게 머리에 꽂혀 있었다는 사실조차 인지하지 못했을 것이다.

두려움과 황당함이 교차하는 이상한 기분.

거기다 저런 엄청난 것이 머리에 박혀 있으면 모르긴 몰라도 주변에 피라도 잔뜩 흘러내렸어야 정상이 아닌가? 그런데 머리 주위로 피가 흐른 흔적은 보이지 않았고, 손을 뻗어 머리 주위를 아무리 더듬어 보아도 별다른 낌새도 없었다.

'뭐지?'

언뜻 이해하기 힘들어 결국 손을 들어 머리에 박혀 있는 그것을 만져보았다.

부드러우면서도 탄탄한 느낌이 손에 전해져 왔다.

머리에 꽂혀 있으니 조금 무섭다는 생각이 들었지만 그래도 그것을 꾹 누르고 화살표를 손으로 붙들었다.

'이거 뽑아도 괜찮은 걸까?'

문득 든 생각이었다.

하지만 막상 손을 뻗어 그것을 손으로 잡은 채 힘을 주려고 하니 또 망설여졌다.

혼란스러운 상황인 건 분명하지만 이걸 뽑으면 죽을지도 모른다는 생각이 들자 순간 머뭇거리게 되었다. 과거로 오기 전의 상황이라면 거침없이 뽑아버렸을지도 모른다. 애초에 뇌종양 말기였으니까.

하지만 지금이 정말 과거라면 팔팔한 젊은 나이에 어이없게 죽을지도 모르는 일 아닌가?

심각한 얼굴로 고민에 고민을 거듭하다 다시 손을 뻗어

화살표를 한손으로 잡아 살짝 흔들어 본다.

까닥. 까닥.

"엇."

황당하게도 화살표는 움직이지 않고 머리가 통째로 움직일 뿐이다.

뭔가 이상하다는 생각에 조금 더 힘을 주었다.

이번에도 머리만 손의 힘에 따라 움직일 뿐 전혀 빠질 것 같아 보이지 않았다.

"이런."

처음엔 소극적으로 힘을 주었지만 꿈쩍도 하지 않으니 자신도 모르게 점점 힘이 들어가고 있었다.

"익! 익!"

아무리 힘을 주어도 전혀 움직일 기미가 보이지 않으니 황당한 기분이었다.

마치 머리와 일체화라도 된 것처럼 힘을 줄 때마다 머리가 딸려가 목이 부러져 버릴 것 같았다.

"헉. 헉. 도대체……."

황당함에 말을 잇지 못하는 유정상.

던전이 열린 세상이라 예전에 비해 비상식적인 것을 많이 봐 왔지만, 이건 정말 상식 밖의 일이었다.

그래도 이런 걸 언제까지나 계속 머리에 달고 살아갈 수는 없는 일.

미간을 잔뜩 찌푸리며 호기롭게 외쳤다.

"과다 출혈로 죽는 한이 있어도 널 뽑아버리고 말겠다!
흐앗!"

그리고 30분 후.

"헉. 헉. 씨발."

유정상은 거실바닥에 널브러진 상태로 숨을 헐떡이며 욕
을 쏟아내고 있었다.

처음엔 뽑는 것이 두려웠지만, 전혀 꿈쩍도 하지 않으니
도리어 오기가 생겨 뽑기 위해 갖은 노력을 다해 보았지만
결국 실패하고 탈진해 버린 것이다.

이젠 죽는 것 보다 이딴 걸 머리에 달고 살아가야 할지도
모른다는 생각에 쪽팔려서 죽을 것 같았다.

"이 황당한 물건은 도대체 뭐냐고? 아, 진짜. 그냥 자살
해버릴까?"

어이가 없으니 황당한 생각마저 들었다.

그렇게 바닥에 누워 땀을 뻘뻘 흘리며 투덜거리다 뭔가
떠오른 것이 있어 벌떡 일어나 자신의 방으로 들어갔다.

그리고 이리저리 살피다 찾고 있던 물건을 발견했다.

스마트폰.

오랜만에 보는 물건이라 반가운 느낌이다.

버튼을 눌러 화면을 구동시키자 패턴을 요구한다.

사실상 거의 의미도 없는 방어벽을 보며 피식 웃고는 손
가락을 가져가다 멈칫했다.

"뭐였지?"

워낙 오래전의 일이니 기억이 나지 않는 게 당연했다.

그리고 그냥 생각 없이 크게 Z자를 그렸다.

그런데 패턴이 쉽게 풀려버렸다.

"뭐여?"

허무함에 한숨이 나왔다.

자신이 이렇게 허술한 녀석이었다는 걸 새삼 느끼고는 곧바로 통화목록을 살폈다.

의외로 많은 연락처가 저장되어있었다.

하지만 여기서 중요한 인간은 한 명뿐이다.

박병석.

초등학교 때부터 유정상의 절친이자 매형인 녀석.

연년생인 유정상의 누나 유정인을 어릴 적부터 줄곧 따라다니더니 결국 결혼에 골인해 버린 집념의 사내였다.

이후 누나와 알콩달콩 잘 살며 두 남매의 아빠가 되었지만 결혼 생활 7년차에 건설 현장 사고로 갑자기 사망해버려 누나의 가슴에 대못을 박아버린 놈이기도 했다.

아무튼 그 박병석의 전화번호를 확인하고는 곧바로 전화를 걸었다.

22살 때라면 대학생일 테고, 아마도 방학 때였을 테니 집에서 놀고 있을 공산이 컸다.

-오, 처남. 어쩐 일?

역시 유정상의 전화는 칼같이 받는 녀석이었다.

항상 유정인을 짝사랑 한 탓에 유정상의 일이라면 늘

만사를 제쳐두고 달려오던 놈이었으니 당연한 일이었다.

어쨌거나 오랜만에 박병석의 목소리를 들으니 잠시 말문이 막혀 머뭇거렸다.

오래전에 죽었던 놈의 목소리가 유정상을 당황하게 만든 것이다.

　

－어이, 처남. 전화를 걸었으면 말해야지.

"……."

－어~이. 병신아~

"죽고 싶냐?"

－하하. 역시 듣고 있었구나. 처남.

"개소리 말고 지금 집으로 올 수 있지?"

오랜만에 듣는 목소리에 반가움이 앞섰지만 어쩐지 예전에 박병석과 하던 말투가 자연스럽게 튀어나왔다. 그리고 예전처럼 '처남' 이라고 부르는 녀석의 말이 듣기 싫지는 않았다.

미래의 일이기는 하지만, 실제로 녀석은 누나와 결혼했었던 터라 익숙했기 때문이다.

－지금?

"바쁘냐?"

－아하하. 내가 원래 좀 바쁘잖냐.

"바쁘다고? 알았다. 그럼 끊지."

－잠깐!

"바쁘다며."

–에헤이, 그래도 처남이 부르면 바빠도 가야지.

"그럼 빨리 와."

–무슨 일인데.

"시끄럽고 빨리 오기나 해."

–알았어. 당장 갈게.

그렇게 대답한 박병석이 30분 후 유정상의 집으로 찾아왔다.

문이 열리자 박병석이 한손을 들며 반가워한다.

"여어. 처남. 생일 축하해. 급히 오느라 선물을 준비 못했다네. 내 나중에 따로 줌세."

'이렇게 젊었던 시절이 있었구나. 그런데 넉살은 여전하네.'

박병석을 오랜만에 본 첫 느낌이었다.

그런데 반대로 유정상의 모습을 본 박병석의 눈이 큼지막해졌다.

"그거 뭐야?"

유정상의 머리에 쓰인 커다란 주방장 모자 때문에 황당한 표정을 짓는 병석이었다.

당연히 머리에 박힌 화살표를 숨기기 위해 누나가 요리학원 다닐 때 사용하던 커다란 주방용 모자를 사용한 것이다.

그런데 그것이 신기하게 보였던 것이다.

"너도 누님 따라 요즘 요리 배우냐?"

"개소리 말고 들어오기나 해."

"엇!"

그렇게 말한 유정상이 박병석의 팔을 잡아끌고는 바깥을 살핀 후 곧바로 문을 닫아걸었다.

그 모습을 바라보던 박병석이 의심스러운 눈빛으로 유정상을 보며 말했다.

"왜 그래? 수상한 놈처럼."

"너. 이런 거 본적 없지?"

"뭘?"

"이거 말이야."

그렇게 말한 유정상이 곧바로 자신이 쓰고 있던 커다란 주방장 모자를 벗었다.

유정상이 긴장한 얼굴로 박병석을 쳐다보았다.

하지만 박병석은 별다른 반응을 보이지 않고 그저 물끄러미 유정상의 머리를 바라보고만 있을 뿐이다.

전혀 놀라는 반응이 없자 뭔가 이상했는지 유정상의 미간이 살짝 찌푸려졌다.

설마 이런걸 보고도 별 감흥 없는 얼굴을 하고 있다니, 전혀 예상하지 못한 반응이었던 것이다.

"안 이상해? 설마, 이런 걸 전에도 본적이 있냐?"

"……."

"빨리 말해봐."

유정상이 다그쳤지만 박병석은 이내 한심하다는 표정을 지어보일 뿐이었다.

"도대체 하고 싶은 말이 뭐야? 설마, 그 덥수룩한 머리 때문에 날 부른 거야?"

"뭐? 설마. 정말 너 안 보이는 거야?"

전혀 예상하지 못한 박병석의 말에 유정상이 멍한 얼굴이 되었다.

"엉망진창인 네 머리 꼴이 안보일 리가 있냐? 으이그, 떡 진 것 좀 봐. 머리 좀 감고 살아. 인간아."

박병석의 말에 유정상은 순간 멍한 상태로 있었다.

자신의 머리 위에 이렇게 황당한 물건이 떡하니 박혀 있는 모습을 보면서 저렇게 태연하게 거짓말을 할리가 없다. 특히나 박병석과 10년 이상 절친으로 지내온 탓에 누구보다 그의 성격을 잘 알고 있었다. 그렇다면 진짜 안 보인다는 말인가?

"정말 안 보인다고? 이게?"

"그래. 네 말대로 이제는 보인다."

"뭐? 정말?"

"그렇다니까."

"그럼, 뭐가 보이는 지 말해봐."

"뭐가 보이긴, 갑자기 불러놓고 정신 나간 소리나 하는 개또라이가 보이지."

"뭐야? 너 자식이 죽고 싶냐?"

유정상이 버럭하자, 깜짝 놀란 방벽석이 움찔하더니 답답하다는 표정으로 되물었다.

"진짜 왜 그러는 건데? 이 무슨 자다가 봉창 두드리는 소리야? 도대체 그 떡진 머리 말고 뭘 또 보라는 거야?"

"진짜지? 진짜 그거 외에는 안 보이는 거 맞지?"

"갑자기 왜 그러는 거야?"

같은 질문을 계속 해대니 박병석이 짜증을 냈다.

어쨌든 박병석의 눈에는 유정상의 머리 위에 박혀있는 화살표가 안 보이는 게 확실하다. 그렇다면 도대체 이 물건의 정체가 무엇일까?

생각에 빠져들자 박병석이 어이가 없다는 얼굴로 유정상을 바라보았다.

"어이가 없네. 바쁜 사람 불러다 놓고 겨우 떡진 머리나 보여 주는 거냐?"

"그렇다는 말이지?"

"……?"

"흐음."

혼자 고민에 빠진 유정상을 보며 잠시 고개를 갸웃거린 박병석이 은근한 어조로 물었다.

"근데, 정인씨 언제 들어와?"

"정인씨?"

유정상이 한쪽 눈을 치켜뜨자 박병석이 구렁이 담 넘어가듯 능글맞게 히죽거렸다.

"에이, 우리끼리 뭐 어때. 그건 그렇고 정인씨 방에 한 번만 살짝 들어가 보면 안 돼?"

"이게 죽으려고!"

퍼억!

퍼퍼퍽!

❖ ❖ ❖

잠시 후 눈탱이가 밤탱이 된 박병석을 돌려보내고 유정 상은 곧바로 집을 나섰다.

박병석은 분명 보이지 않는다고 말했지만 그래도 바깥에 나가 보면 자신의 머리에 박혀 있는 물건이 다른 사람에게 보이는지의 여부를 알 수 있기 때문이었다.

아파트 문을 나서는 순간에도 혹시나 하는 마음에 어깨 가 움츠러들었다.

그래도 혹시 모르는 일이라 주변을 살피면서 자신의 머 리 위에 있는 것을 더듬거렸다.

확실히 머리에 단단히 박혀 있다. 이렇게 확실히 느껴지 고 거울 속에서도 자세히 보이는데 박병석은 전혀 보이지 않는다고 했다.

'길에 나가자마자, 완전 또라이가 되는 거 아닐까?'

엘리베이터를 타는 순간에도 이런 저런 생각이 들자, 자 신의 행동이 살짝 후회가 되기도 했다. 특히나 엘리베이터

천장 귀퉁이에 빨간불을 번쩍이며 노려보는 감시카메라의 시선이 부담스럽다.

'병석이 자식, 거짓말을 한 건 아니겠지?'

괜한 미친 사람처럼 보이는 짓을 하는 건 아닌가 싶어 슬슬 후회가 되기도 했지만, 이왕 이렇게 된 거 대범하게 나가기로 마음먹었다.

'그래도 저 감시카메라는 신경 쓰이네.'

그렇게 계속 힐끔거리며 감시카메라를 의식하는 사이 엘리베이터 문이 열렸다.

꿀꺽.

마치 새로운 세계에 첫발을 내딛는 사람처럼 극도의 긴장 상태로 아파트 밖을 나섰다.

눈알을 데굴거리며 주변을 살펴본다.

간간이 단지 내를 돌아다는 사람들이 눈에 들어왔다.

그러나 대부분 휴대폰을 들여다보거나 자신이 걸어가는 방향만을 바라볼 뿐 그 누구도 유정상에게 관심을 보이는 사람은 없었다.

경비 아저씨도 그저 뒷짐진 채 특유의 웃음소리로 허허거리며 돌아다닐 뿐 유정상을 눈여겨보는 건 아니었다.

아직은 발견을 못한 탓일 수도 있고, 박병석의 말대로 정말 보이지 않는 것일지도 모른다.

하지만 그렇다고 방심할 수는 없는 일.

온몸의 신경을 곤두세운 채로 걸어가는데 몇 명의 교복

입은 남자 아이들이 맞은편에서 소란스러운 행동을 하며 걸어오는 게 보였다.

딱 중2병스러움이 자연스럽게 묻어나는 평범한 중학생들로 보였다.

하지만 그럼에도 불구하고 머리가 쭈뼛거린다.

살아오면서 이렇게 긴장한 때가 있었나 싶을 정도로 온몸에 식은땀이 흐르기 시작했다. 하지만 굳게 마음을 먹었다.

겨우 중학생정도로 보이는 아이들인데 너무 긴장할 필요는 없는 것이다.

그런데 그때였다.

"어?"

한 녀석이 펄쩍 뛰더니 유정상 쪽을 바라보며 놀란 모습을 하고는 손가락을 가리킨다.

그 것을 시작으로 다른 아이들도 반응을 보이기 시작했다.

"헐. 대박!"

"오옷!"

몇몇이 호들갑을 떨어 대더니 빠른 동작으로 휴대폰을 들이밀며 앞으로 달려오고 있었다.

심장이 철렁하고 내려앉는 것 같았다.

'젠장, 역시 병석이 자식 거짓말이었구나. 이 쳐 죽일 놈.'

45

하지만 그런 생각을 할 때가 아니었다. 이런 주목을 받은 이상 빨리 머리를 감추기 위해서 가져온 누나의 주방장 모자를 다시 써야만 한다. 물론 이 모자 역시도 주목을 받을 테지만 머리에 박혀 있는 화살표만 하겠는가.

그런데 어쩐 일인지 아이들이 휭 하니 유정상을 지나쳐 가버렸다.

"얼래?"

전혀 예상하지 못한 상황이라 얼떨떨한 얼굴을 한 채로 몸을 돌려 아이들을 바라보았다. 그런데 방금 들어온 것인지 아파트 주차장에 주차중인 푸른색 고급 스포츠카를 보며 휴대폰을 들이밀고 촬영하거나 펄쩍펄쩍 뛰는 모습이 보였다.

"이거 포르쉐 아니야?"

"대박!"

"우리 아파트보다 비싼 거 아니야?"

"당연하지. 대충 아파트 20채 가격정도 할 걸."

"정말?"

"미국 자동차잖아."

"역시 천조국!"

중학교 아이들이 근거도 없이 제멋대로 개소리를 해대는 사이 포르쉐인지 뭔지 하는 국적 불명(?) 스포츠카의 주차가 끝나고 운전석 문이 열리더니 누군가 내린다.

멋진 스포츠카에서 내린 사람은 예상과 달리 척 보기에

도 기럭지가 짧디 짧은 평범한 얼굴의 포동포동한 사내였다.

그 심한 이질감에 아이들의 얼굴이 사정없이 일그러졌다.

그러고는 다 들리는 목소리로 아이들이 수군거렸다.

"에이. 뭐야?"

"쳇. 실망이야."

"돼지는 트럭이나 타라고."

그 소리를 들었는지 포동이가 버럭 했다.

"뭐야? 이 잡노무 시키들이! 죽을래?"

그 소리에 놀란 아이들이 후다닥 도망치며 "병신 뚱땡이!"라며 놀리고 사라져 버린다.

유정상은 어이없는 광경에 허탈하게 웃고 말았다.

'어휴, 다행이네. 그래도 보인 건 아니었구나.'

다행이란 생각에 한숨을 쉬며 슬그머니 다시 주방장 모자를 뒷주머니에 찔러 넣었다.

이젠 확실히 자신의 머리위에 꽂혀 있는 괴상한 화살표가 사람들의 눈에 보이지 않는다는 확신이 생겨 어느 정도 안심을 하고는 곧바로 가까운 병원으로 발길을 옮겼다.

어찌 되었건 머리에 이런 황당한 물건이 박혀 있다는 건 별로 좋은 일은 아니니 검사라도 받아볼 작정이었다.

"저, 정상이라고요?"

"네. 좀 더 정밀검사를 해봐야 확실하게 알 수 있을 것 같습니다만, 지금으로서는 정상으로 판단됩니다."

도대체 머리에 박힌 물건이 뭘까 싶은 마음에 병원을 찾았는데 엑스레이나 단층촬영으로도 발견되는 건 없었다.

정상이라니.

눈에 보이지 않는 것까지는 그렇다고 하더라도 이런 기계에게까지 발견되지 않는다는 건 쉽게 수긍하기가 어려웠다.

그도 그럴 것이 척 보기에도 머리를 뚫고 들어간 모습을 했으니 어쨌든 머릿속은 어떤 식으로든 손상이 되었을 거라고 생각했기 때문이었다.

더불어 혹시나 하는 마음에 뇌종양 검사까지 한꺼번에 받았지만 별달리 발견되는 건 없었다.

방사선검사 이후, 방사선 동위원소 검사에 뇌척수액 검사, 그리고 조직검사까지 받았지만 역시나 뇌종양은 발견되지 않았다.

"아무것도 없는 건가?"

어쨌거나 여기서도 머리에 박힌 화살표를 전혀 발견하지 못했다는 건 정말 의외의 상황이었다.

병원을 나서는 유정상의 표정이 모처럼 밝아졌다.

보기엔 좀 이상하지만 신체에 이상이 없고, 사실 다른 사람에게는 애초에 보이지도 않으니 상관없는 일 아닌가.

하지만, 병원에 들르고 나서 새로운 걱정거리가 생기고 말았다.

"뭔 놈의 병원비가……!"

이것저것 생각 없이 검사를 했더니 병원비가 제법 많이 나왔다.

지갑에 있던 카드로 해결했지만, 보나마나 통장에는 얼마 없을 것이 틀림없을 거라는 생각에 일단 할부로 결재했다.

그리고 덩달아 카드 사용액을 확인해보니 미친 이놈이 제법 이것저것 많이 썼는지 결재해야 할 금액도 상당했다.

그땐 몰랐는데 지금 보니 정말 대책이 없는 망할 놈이라는 생각이 들었다.

"어휴. 이런 병신 같은 놈."

그렇게 한숨을 쉬고는 조만간 무슨 일이든 시작해야겠다고 결정했다.

그러면서 다시 눈알을 위로 치켜떴다.

"도대체 이놈 정체가 뭐지?"

아직 머리에 콱 박혀있는 화살표를 손으로 더듬거리며 미묘한 표정이 되었다.

어쩌면 애초에 박힌 것처럼 보여도 실제로는 머릿속을 뚫고 들어가지는 않은 것일지도 모른다.

그저 모양만 마치 박혀 있는 것처럼 보이는 것인지도 모를 일 아닌가?

하지만, 전후 사정이야 어떻든 이런 게 머리에 붙어 있다는 게 정상은 아닌 것이다. 그래도 한편으로 생각하니 다른 사람들 눈에 보이지 않는다면 크게 문제될 일은 아닌 것이다.

조금 신경 쓰이는 것 정도는 어쩔 수 없는 일이긴 하지만 말이다.

그렇게 복잡 미묘한 얼굴로 길을 걷는데 어쩐지 머리가 한쪽으로 쏠리는 듯한 기묘한 느낌이 들었다.

처음엔 그저 목이 약간 저려서 그런가 했는데 갈수록 반응이 심상치 않았다.

유정상 본인의 의지가 아닌 머리 위 화살표가 마치 어딘가로 움직이려고 하는 것처럼 느껴졌다.

"어? 어?"

자신의 의지가 아닌 뭔가의 힘에 의해 자꾸 머리가 끌려가듯 움직이자 유정상의 표정이 경직되었다.

확실하게 머리에 박혀 있는 화살표에서 가해지는 힘이었기 때문이었다.

그리고는 그 힘이 어디론가 방향을 잡았는지 그곳을 향해 유정상을 끌어당긴다.

"어, 어. 이놈이 왜이래?"

처음엔 설마하며 무시하려 했는데 잡아당기는 힘이 점점 강해지더니 급기야 그를 끌고 가기 시작했다.

"으악."

그런 모습에 사람들이 이상하다는 듯 힐끔거리며 바라보자 얼굴이 벌게지는 유정상.

누가 봐도 지금의 행동은 이상하게 보일 것이다.

그런데 화살표의 힘에 끌려가는 폼이 마치 엄마에게 귀를 잡힌 모습처럼 엉거주춤하게 보여 뭔가 꼴사납다는 생각에 필사적으로 머리를 세우며 그것이 이끄는 방향으로 향했다.

지금으로서는 황당한 일이기는 하지만 그렇다고 길거리에서 비명을 지를 수도 없는 일이다. 당연하게도 그렇게 소리친다고 해서 누군가 도와줄 리도 없고 오히려 정신병자 취급받지 않으면 다행이리라.

최대한 목에 힘을 주고 자연스러운 표정 관리와 함께 화살표가 이끄는 대로 걸었다.

그런데 머리에 가해지는 힘이 점점 강해지자 유정상도 동요하기 시작했다.

그러나 속에선 불안감이 스멀스멀 피어오르긴 해도 당장은 방법이 없었다.

그런데 화살표가 이끄는 방향이 조금 이상하다.

언덕으로 가는가 싶더니 곧 그것이 이끌고 있는 장소를

금방 알 수 있었다.

"산?"

유정상이 살고 있는 동네 인근의 산이었다.

지금 시기는 던전이 생겨난 지 대충 7년쯤 되던 시기.

던전이 생기고 나서 변한 것 중의 하나가 아무 산이나 마음대로 오를 수 없게 되었다는 사실이다.

던전 특유의 에너지장이 강한 곳이 가끔 존재했는데 특히나 그런 곳은 산행이 금지되어 예전부터 산을 오르던 사람들의 반발을 사기도 했다. 하지만, 산에서 실종 사건들이 자주 발생하면서 항의는 저절로 사그라졌다.

어쨌든 이곳의 산엔 공식적으로 던전이 존재하는 건 아니지만, 미세하나마 던전 에너지가 감지된다는 이유로 산행을 자제하라는 푯말이 사방에 붙어있었다.

물론 개인이 굳이 오르겠다면 못 오를 일도 없었다.

특별히 철조망이나 담으로 막아놓지 않았으니 말이다.

두근두근.

하지만 아무리 예전에 비해 젊어져 팔팔해졌다고는 해도 일반인의 몸으로 이런 곳에 오르는 건 위험한 일이다.

던전 에너지가 어느 정도 존재하는 곳은 간간이 소형 몬스터도 출몰하기 때문에 위험할 수도 있기 때문이다.

물론 9급 각성자 생활을 한 이상 아무리 일반인의 몸이라고 해도 소형 몬스터쯤은 쳐 죽일 자신은 있었지만, 상대할 필요 없는 놈들을 굳이 만나고 싶은 마음은 눈곱만큼도 없었다.

기적처럼 과거로 돌아왔기에 이전과는 다르게 남들처럼 안정적인 삶을 영유하고 싶었기 때문이다.

하지만 매정하게도 화살표는 막무가내로 유정상을 산 위로 이끌고 있었다.

그래서 머리에 박혀있는 화살표를 꽉 붙들며 소리쳤다.

"시발, 날 몬스터의 먹이로 던져주려는 거냐?"

이제야 머리에 박혀 있는 화살표의 본래 의도를 알게 되었다고 믿은 유정상.

그저 단순한 모양을 하고 있었지만 아마도 몬스터가 던진 미끼 같은 게 아닌가 싶었다. 이런 물건에 대한 건 들은 바도 없었지만, 원리로 보면 낚시에 쓰이는 바늘과 같은 역할을 할 것이 분명하다.

다만 여기엔 미끼가 필요 없다는 것일 뿐.

"과거로 돌아왔고, 새로운 삶을 살 수 있게 되어서 좋아했는데."

지옥에서 천당을 왔는가 했는데 그렇게 다시 지옥으로 떨어져버린 것 같은 기분이었다.

그 와중에도 계속 끌어당기는 힘 때문에 산 위로 올라가는 것을 멈출 수 없었다.

끌려가던 와중에도 나무를 붙들며 저항도 해봤지만, 의미 없는 몸부림에 지나지 않았다. 목이 빠질 것처럼 고통스럽다보니 결국 화살표의 안내에 이끌려갈 수밖에 없는 일이었다.

그나마 좋은 점은 끌려간 덕분에 산을 오르는 것이 그리 힘들지 않았다는 사실정도였다.

하지만 알 수 없는 힘에 의해 끌려가는 게 결코 좋은 기분이 들 리가 없다.

그렇게 생각하는 사이 어느새 머리통을 잡아당기는 힘이 사그라졌다.

"……?"

갑자기 당기는 힘이 사라지자 잔뜩 긴장한 채로 주변을 두리번거렸다.

화살표가 정말 낚시 바늘이라면 그것을 조종한 녀석이 주변에 있을지 모르기 때문이었다.

트롤 같은 거대 몬스터라면 그냥 목숨을 내놔야 할 상황이었다.

물론 던전 밖에 그런 대형 몬스터가 있을 리 없지만 말이다.

그래도 모르는 일이니까 계속 긴장을 하면서 주변을 살폈다.

그러나 사방을 둘러봐도 그런 놈이 보이지 않자 미간을 찌푸리더니 곧 안도의 한숨을 쉬었다.

혹시나 상상도 못한 몬스터가 자신을 기다릴까봐 걱정했는데 아무것도 보이지 않았다. 어쨌든 최악의 상황은 피했으니 그나마 다행인 것이다.

그런데 곧 머리 위의 화살표가 심하게 진동했다.

부르르르르.

덕분에 유정상의 머리도 덩달아 떨었다.

"으으으으으. 이, 이번에는 또 뭐냐?"

황당한 일을 계속 겪으니 이것도 할 짓이 못 된다 싶은 생각이 드는 그 순간.

유정상의 눈앞에 뭔가가 일렁이는 모습이 눈에 들어왔다.

"엇!"

오랜 경험으로 알고 있는 현상.

"더, 던전?"

유정상의 눈앞에서 벌어지는 현상은 바로 던전의 문이 열리는 현상이었다.

이렇게 아무 것도 없는 곳에서 던전이 열린다는 사실에 조금 놀라고 있었다.

"알려지지 않은 던전인가?"

확인된 던전의 경우 정부의 통제를 받아 민간인의 출입을 제한하는 울타리가 세워지고, 던전 관리국 직원이 상주하게 될 사무실과 함께 던전 입구 사방에 감시 카메라가 설치된다.

이곳의 상황이 그렇지 않다는 건 결국 아직 발견되지 않은 던전이라는 뜻이 된다.

아니면 알고 있는 사람이 몇 되지 않는 곳이라던가.

하지만, 그래봐야 헌터가 아닌 이상 의미가 없는 곳이다.

물론 신고한다면 약간의 보상이 있을 테니 차라리 그쪽이 더 이익이 될 것이다.

'신고하자.'

그렇게 생각한 유정상이 잽싸게 휴대폰을 꺼냈지만 화면이 켜지지 않는다.

그리고 보니 던전 주위엔 에너지파가 강해서 전자기기가 먹통이 된다는 사실을 잊고 있었다.

"젠장. 내려가야겠네."

그렇게 말한 유정상이 서둘러 그곳을 벗어나려 했지만 머리에 가해지는 힘 때문에 벗어나지 못했다.

"으익!"

아무리 용을 써도 그의 힘으론 도저히 머리에 가해지는 힘을 이길 수가 없었다.

그런데 그때 던전에서 강한 힘이 생성되며 다시 화살표에 신호를 보냈다. 그리고는 곧이어 그곳에서 뻗어 나온 강한 힘이 유정상을 덮쳤다.

"우왁!"

그러자 화살표가 그의 머리를 강하게 잡아당기기 시작했다.

목이 뽑혀 나갈 것만 같은 고통에 더 이상 버티지 못하고 결국 던전에 질질 끌려가자 유정상이 버둥거리며 소리쳤다.

"아, 안 돼. 나 일반인이라고. 사, 살려⋯⋯."

그의 비명소리와 그의 육체는 삽시간에 던전에 먹혀버리고 말았다.

✛ ✧ ✛

검고 어두운 암흑 속에서 나락으로 한없이 떨어지는 듯한 기분에 어느 순간 의식을 잃어버렸다.

그리고 얼마의 시간이 흘렀을까. 조금씩 정신이 돌아오기 시작했다.

손끝과 발끝부터 서서히 감각을 찾아간다.

그리고 조금씩 전신으로 넓혀가자 어느새 정신을 차리기 시작했다.

눈을 감은 채로 주변을 더듬거렸다.

'흙바닥. 그리고 공기가 따듯하다.'

눈을 천천히 뜨며 눈동자에 초점을 잡아갔다.

'여긴 어디지?'

쓰러진 장소를 떠올리려 애써본다.

자신이 쓰러져 있다는 사실은 인식할 수 있었지만 도대체 왜 쓰러져 있던 것인지는 기억이 나지 않았다.

시간이 얼마나 흘렀는지도 알 수 없다.

그러나 잠시 후 던전에 끌려 들어왔다는 사실을 퍼뜩 떠올리며 빠르게 눈을 뜨고는 몸을 벌떡 세웠다.

"끄응."

머리가 깨져 나갈 것 같은 두통에 미간을 잔뜩 찌푸리고 는 양손으로 머리를 붙들었다. 그리고 그렇게 잠시 동안 가만히 있었다. 상당한 고통이라 참는 것이 쉽지 않았기 때문이었다.

그리고 두통이 조금씩 사그라지자 그제야 정신을 차리고 천천히 고개를 들었다.

"......?"

던전 안으로 끌려왔다고 생각했는데 커다란 나무 아래에 있는 자신을 발견했다.

머리를 들어 올려다보았다.

거대한 나무.

커도 너무 지나치게 컸다.

잔가지가 엄청나게 많으면서도 크기는 어지간한 빌딩 이 상으로 거대한 나무였다.

나무를 올려다보니 하늘을 다 덮어버릴 것 같은 느낌이 들 정도였다.

"끄응."

어지러움에 잠시 비틀거렸다.

이 현상이 뜻하는 바를 모르지 않는 유정상이다.

"역시 그때 던전으로 끌려 들어와 버린 건가?"

설마 했는데 일반인의 몸으로 들어와 버렸다.

던전 안으로 일반인이 들어올 수는 있지만 던전 특유의

에너지가 몸에 미치는 영향이 안 좋기 때문에 일반인이 장시간 머무르는 것은 좋지 않았다.

그보다 여기에 들어와서 살아나갈 수 있을지의 여부가 먼저였지만 말이다.

던전이라는 환경은 설사 각성자라 하더라도 다수 인원이 협력하지 않고는 생존하기 어려운 곳이기 때문이었다.

그런데 그 때였다.

뭔가 부스럭 거리는 소리에 머리털이 곤두서는 기분이 들었다.

뭔가가 머리 위에서 빠르게 떨어졌다.

휘리릭.

팅.

"엇!"

그런데 머리 위의 뭔가에 부딪치고는 튕겨나갔다.

놀란 유정상이 머리를 들어올렸다.

잘 보이지 않아 눈을 얇게 뜨며 집중했다.

그가 서 있는 커다란 나무 위 가지에 붙어 있는 커다란 뭔가를 발견했다.

거무튀튀한 생물체.

눈이 툭 튀어나온 파충류.

놈의 정체는 독카멜레온 이었다.

방금 머리 위를 때렸던 건 녀석의 긴 혀.

그것을 맞으면 일순간 마비증상에 움직일 수 없게 되고

그렇게 되면 놈의 먹이가 되는 것이다.

놈의 몸뚱이도 일반적인 카멜레온의 크기를 월등히 초월하는데 대충 인간 크기정도다.

물론 하급 던전에 서식하는 그저 그런 몬스터이기는 해도 일반인이 상대하기엔 버거운 존재임은 틀림없다.

그런데 방금 녀석의 공격을 튕겨낸 건, 다름 아닌 머리에 박혀 있던 화살표였다.

이런 급박한 상황에서 얼떨결에 도움을 받아버렸다.

한마디로 천운이 따랐던 것이다.

놈이 자신의 혀를 튕겨낸 것을 이상하게 여기는 것인지 고개를 몇 번 까닥거리며 갸웃거린다.

"젠장."

놈의 모습을 확인한 유정상이 반응하려 하자 독카멜레온이 입을 쩍 벌린다.

휘리릭.

팟. 팟.

화들짝 놀란 유정상은 빠르게 바닥을 구르며 놈의 두 번째와 세 번째 공격을 피해냈다.

과거 오랜 기간 9급 능력자 생활을 한 경험이 본능적으로 발휘된 덕분이었다.

턱.

그런데 독카멜레온이 빠른 속도로 땅에 내려왔다.

위에서의 공격이 생각만큼 먹히지 않았기도 했지만 유정

상이 능력자가 아니라는 걸 본능적으로 안 것이다.

'도망칠 수는 없다.'

독카멜레온은 인간보다 빠른 녀석이다.

즉, 놈을 죽이지 않으면 이곳을 벗어날 수 없다는 뜻이다.

물론 일전에도 몇 번 싸워본 놈이기는 했다. 그러나 그때는 9급이긴 했지만 나름 능력자였다. 하지만 지금은 젊어졌다고는 해도 평범한 일반인의 몸일 뿐이다.

잽싸게 시선을 돌려 주변을 살폈다.

근처 바닥에 돌덩이들이 몇 개 보였다.

빠르게 돌을 집어 들고는 놈에게 던졌다.

탁.

그러나 놈은 그것을 가볍게 혀로 튕겨내 버렸다.

간단한 검 정도라도 있었다면 어떻게든 싸워볼 테지만, 지금은 비무장상태.

무기가 필요하다.

주변에 있던 끝이 뾰족하게 부러진 나무 막대기 하나를 주워들었다.

찌르기용 무기로 사용하기 위함이다.

놈은 그 모습을 보고 가소롭다는 듯 몇 번 고개를 까닥거리다 고르륵 거리는 소리는 낸다.

휘익.

또다시 독침이 달린 혀가 유정상에게 날아왔다.

빠른 속도이긴 했지만 놈의 반응을 보고 미리 움직였던 탓에 격중되지 않았다.

그렇게 두 번을 더 피하자 놈이 다시 고개를 까닥거렸다.

조금이지만 분해하고 있을 것이 틀림없다.

하지만 이런 식으로 무작정 언제까지고 놈의 혀를 피하며 버틸 수는 없는 일.

이번에도 돌 한 개를 더 집어 들어 다시 던졌지만 이번에도 혀로 튕겨냈다.

그런데 그때 뭔가를 떠올리고는 유정상의 눈이 가늘어졌다.

다시 바닥에 있던 돌을 잽싸게 들어 놈에게 던졌다.

턱.

그것을 가볍게 쳐내는 걸 보고도 또다시 돌 한 개를 들어 올려 던졌고, 다시 튕겨낸다.

그렇게 서너 개를 더 던졌지만 소용없는 일이었다.

"헉. 헉."

숨을 헐떡이는 유정상.

몸이 젊어졌다고는 하지만, 일반인의 몸이었으니 9급 능력자 시절에 비해 체력이 떨어지는 건 당연한 일.

그런 유정상의 모습을 보고는 그가 많이 지쳤다는 걸 확인한 독카멜레온이 슬금슬금 다가오더니 고개를 갸웃거린다.

뭔가 이상하다는 듯 바라보는 것처럼 보이지만 그저 습성일 뿐 아무런 뜻은 없다.

아무튼 그렇게 갸웃거리던 놈이 곧바로 다시 혀를 유정상에게 날렸다.

휘이익.

곧바로 유정상이 팔을 뻗어 막으려 하자 그것을 칭칭 감아버린다.

혀끝에 독침이 달려있어 이렇게 팔에 감기면 곧바로 전신에 마비독이 퍼져나갈 수밖에 없다.

"키이익."

놈이 그럴 줄 알았다는 듯 낮은 소리를 내며 유정상을 살폈다.

미간을 잔뜩 찌푸린 채로 유정상이 놈을 노려보고만 있을 뿐 별다른 움직임을 보이지 않자 여전히 팔을 혀로 감은 채 천천히 다가왔다.

먹잇감이 드디어 마비증상을 보인 것으로 판단한 것이다.

그런데 그때.

푸슉!

마비되었을 거라고 판단되던 유정상이 왼손을 감고 있던 놈의 혀에 자신의 오른 손에 쥐어진 날카로운 막대기를 꽂아 넣었다.

"끼에에엑!"

혀를 쭉 내민 채 비명을 지르던 독카멜레온이 반사적으로 혀를 끌어당기자 삽시간에 끌려가는 유정상.

그러나 그것도 이미 계산되어 있던 그는 혀에서 뽑아낸 나무 막대기로 다시 면전에서 사방을 살피며 데굴거리는 오른쪽 눈에 박아 넣었다.

"끼에에에엑!"

다시 비명을 지르며 발버둥을 치는 독카멜레온.

순식간에 놈에게서 풀려난 유정상이 주변에 있던 커다란 돌을 들어 정신없이 버둥거리는 놈의 머리를 찍어버렸다.

퍼억!

"꾸에에엑!"

머리를 땅에 완전히 떨어뜨린 채로 몸을 버둥거리자 다시 두 번 세 번, 그렇게 놈의 머리를 계속 내려쳤다.

퍽! 퍽!

"죽어! 죽어! 죽어! 제발 좀 죽어버리라고!"

순식간에 깨져나가는 머리.

얼마동안 계속 돌로 찍어대고 그렇게 움직임이 조금씩 잦아들었다.

그리고 어느 순간 몸을 축 늘어뜨렸다.

"헉. 헉."

숨을 헐떡이며 죽은 놈의 모습을 내려다보는 유정상.

비각성자의 몸으로 용케 몬스터를 잡은 것이다.

물론 각성자로서 오랫동안 던전 생활을 했던 경험이 주요했던 것도 사실이다.

방금 놈의 혀에 팔이 감긴 상황에서 마비가 일어나지 않은 이유는 바로 돌을 여러 차례 던짐으로써 놈의 혀끝에 솟아 있던 독침을 제거한 덕분이다.

경험으로 그것을 잘 알고 있던 유정상이 의도적으로 상황을 그렇게 끌고 간 것이다.

독카멜레온이 운이 없었던 건 유정상이 노련한 각성자 출신의 일반인이었다는 것을 몰랐다는 것이었다.

물론 혀끝에 달린 독침도 시간이 지나면 다시 자라나긴 하지만, 그거야 나중의 일일 뿐이니 상관없는 일이었다.

털썩.

지친 유정상이 죽어버린 독카멜레온 곁에 주저앉았다.

몬스터를 상대하고 나니 전신에서 힘이 몽땅 빠져나가버린 기분이었다.

그런데 그 순간.

머리가 윙 하며 울리는 기분이 들었다.

"크윽!"

다시 몰려오는 두통.

그 고통에 머리를 감싸 쥐었다.

그리고 잠시 후 이번에도 그 고통이 사그라졌다.

"칫, 도대체 뭐야? 역시 일반인의 몸으로 던전에 들어온 탓인 건가."

그렇게 투덜거린 유정상이 곧 일그러진 표정을 펴고는 머리를 들어올렸다.

"……?"

그런데 뭔가 이상하다.

머리를 감싸 쥘 때, 손에 아무것도 느껴지지 않은 것이다.

머리 위에 생겨난 그 거추장스러운 물건.

다시 손을 머리 위에 올려 이리저리 살폈다. 그런데 확실히 아무 것도 잡히지 않는다.

"어? 어?"

머리에 계속 박혀 있던 화살표가 사라진 것이다.

"얼래? 없네?"

머리 이곳저곳을 아무리 더듬거려 봐도 손에 잡히는 것은 없다. 하루 온종일 신경 쓰던 커다란 물체가 뜬금없이 사라진 것이다. 물론 박혔을 때도 뜬금없긴 했지만.

"아하하. 그럼 그렇지."

계속 신경 쓰이던 것이 사라지고 나니 홀가분해졌다.

피식 웃던 유정상이 옷에 묻은 흙을 털어내고는 쓰러져 죽어있는 독카멜레온을 다시 내려다보았다.

'예전 팀 생활을 할 때라면 전용 나이프를 이용해 해체해서 바깥으로 가지고 나갔을 텐데.'

그런 생각이 들어 입맛을 다시는 유정상.

조금 아쉽기는 하지만 어쩔 수 없다.

현재로선 그런 것보다 생존이 가장 최우선이다.

그나저나 머리에 박혀있던 화살표는 어디로 간 걸까?

머리에 달려 있을 땐 귀찮았지만 갑자기 사라지니 조금 신경이 쓰이는 것도 사실이었다.

그런데 그때 또다시 어디선가 소음이 들려왔다.

"……!"

숲 한쪽에서 부스럭거리는 소리가 들려온 것이다.

유정상은 급히 근처 풀숲으로 몸을 숨겼다.

그리고는 나뭇잎 틈 사이로 소리가 나는 방향을 조심스럽게 바라보았다.

꿀꺽.

마른침을 삼키며 몸을 더욱 깊숙이 숨긴 그 순간.

심한 노린내를 풍기는 뭔가가 숲속에서 그 존재를 드러냈다.

'고블린?'

놀랍게도 몸을 드러낸 생물은 고블린이었다.

키는 1미터를 조금 넘을 정도로 작았지만 제법 포악한 몬스터로 보통은 무리 행동을 하는 것으로 알려져 있는 녀석이다. 하지만 그런 특성과 달리 한 마리뿐이다.

녀석이 날카로운 눈빛으로 사방을 두리번거렸다.

아무래도 조금 전 독카멜레온의 비명소리를 듣고 달려온 것일지도 모른다.

두근두근.

숨을 죽인 채 몰래 바라보았다.

고블린이 허술해 보이는 녹슨 칼을 들고 경계심 가득한 움직임으로 다가온다.

그리고는 땅에 쓰러져 있는 독카멜레온의 사체를 확인하고는 그것을 살피며 동시에 주위를 두리번거린다.

한참을 그렇게 두리번거리던 놈이 다시 시선을 내려 사체를 바라본다.

어느새 입가에 흘러내리는 침.

아무래도 독카멜레온을 보며 식욕을 느끼는 것 같았다.

하지만 본능을 억제하며 다시 주변을 살핀다.

그러나 몬스터의 본능을 이기지 못했다.

아구. 아구.

놈이 사체를 정신없이 뜯어먹기 시작했다.

제법 굶은 탓인지 게걸스럽게 독카멜레온의 고기를 탐했다.

그런 모습을 숨어서 바라보던 유정상의 눈이 한순간 커지고 말았다.

놈의 머리 위에 뭔가 떠 있는 물체를 발견한 탓이다.

'어, 어째서?'

그것의 정체를 확인하자마자 소스라치게 놀라고 말았다.

화살표.

어느새 몸에서 떨어져 나갔다고 생각한 화살표가 어째서 고블린 주위에 떠다니고 있는 것인지 도무지 납득할 수가 없었다.

어이가 없다는 생각에 잠시 멍하니 그것을 바라보았지만 고블린은 전혀 눈치 채지 못한 것처럼 보였다.

처음엔 고블린의 등장에 계속 긴장상태였지만, 어느 샌가 갑자기 등장해 공중에서 알짱거리는 화살표가 더욱 신경 쓰였다.

뭔가 모를 친밀함이랄까, 혹은 동질감 같은 것이 느껴지는 게 이상했다.

그런데 화살표에 잠시 한눈을 판 탓일까?

정신없이 머리를 처박고 고기를 뜯던 고블린이 주춤거렸다.

"케엘."

뭔가를 눈치 챈 것인지 유정상이 숨어 있는 방향으로 몸을 돌린다.

그리고는 주변을 날카로운 눈으로 살피기 시작했다.

빠직.

유정상이 너무 긴장한 탓에 움찔거리다 등 뒤에 있던 나뭇가지 하나를 밟아 부러뜨리고 말았다.

"캇!"

고블린이 날카로운 소리를 내며 낡은 칼을 꺼내들었다.

그리고는 경계하는 눈초리로 유정상이 몸을 숨기고 있는 곳을 향해 천천히 다가왔다.

두근두근.

심장이 빠르게 고동쳤다.

이렇게 가만히 있으면 분명 놈에게 발각될 것이고, 끝내 죽임을 당하게 될 것이 분명하다.

카멜레온을 죽인 건 운이 따라준 탓도 있었다. 하지만 이번에도 운이 좋을 거라곤 쉽게 생각할 수 없는 일이다.

고블린은 독카멜레온처럼 단순한 녀석이 아니다.

9급 능력자였다면 쉽지는 않다고 하더라도 맨손으로 한번 붙어보기라도 할 테지만, 지금의 그는 평범한 인간에 불과했다.

하지만 이대로 순순히 당할 수는 없는 일.

주변으로 손을 더듬거려 주먹만 한 돌멩이를 주워들었다.

고블린이 가까이 다가올수록 유정상의 심장소리가 더욱 커지는 것 같다.

입술을 꽉 깨물고는 오른손 위의 돌멩이를 꽉 움켜쥐었다.

그런데 은연중에 뭔가가 신경이 쓰인다.

아직도 고블린의 머리 위에 떠 있는 화살표.

그 화살표의 미세한 움직임이 계속 신경 쓰인다.

고블린과 맞닥뜨릴 절체절명의 순간에도 눈치 없는 화살표는 슬금슬금 아래의 고블린이 있는 곳으로 내려온다.

그 와중에 계속 다가오는 고블린.

'......'

이렇게 긴박한 상황임에도 어찌된 영문인지 유정상은 계속 화살표를 신경 쓰고 있었다.

분명 무섭고 두려운 상황임에도 불구하고 말이다.

그 순간.

화살표가 움찔거렸다.

'……?'

분명 그 움찔거림은 분명 유정상 본인의 모습이었다.

그런데 어떻게 된 것인지 화살표가 움찔거린 것처럼 보였다.

그 덕에 자연스럽게 유정상의 시선이 고블린 위에 떠 있는 화살표 쪽으로 이동해버렸다.

무섭고 두려운 순간임에도 이상하리만치 화살표가 신경 쓰였는데 그 화살표가 움직이기 시작했다.

황당한 건 화살표가 스스로 움직였다기보다 마치 유정상이 그렇게 움직이기를 원했고 그것에 반응한 것뿐이었다.

'어떻게……?'

유정상은 당황했다.

그러나 고블린이 코앞에 와 있는 상황이다.

이미 독카멜레온과의 전투로 모든 힘을 다 소진했기에 고블린과 싸울 여력이 없는 상태.

그 순간 유정상은 자신도 모르게 화살표에 의지를 실었다.

절체절명의 순간 의식하지 않은 채 그렇게 한 것인데 놀랍게도 화살표가 고블린을 향해 내려오더니 그 앞에 겹쳐진다.

그와 동시에 화살표에 힘을 가했다.

"카악!"

갑자기 고블린이 움직임을 멈추었다.

"캬캬캬!"

소리를 지르고 있지만 뭔가에 의해 움직임을 봉쇄당한 것처럼 보였다.

순간 유정상은 얼떨떨해 하다 고블린의 몸에 화살표가 겹쳐져 있음을 확인했다. 어느새 화살표의 모양이 하얀 사람 손, 그것도 주먹을 쥔 모양으로 바뀌어 있다.

순간적으로 이것이 화살표에 의한 현상임을 파악하고는 곧바로 돌멩이를 들고 고블린을 향해 달려들었다. 그리고 그것으로 놈의 대갈통을 후려쳤다.

고블린이 계속 소리를 지르고 있는 것을 내버려 둔다면 뭔가 다른 녀석들도 나타날지 모른다는 생각이 들어서였다.

빠각!

"캑!"

머리가 터지며 피가 분수처럼 튀었다.

그러나 돌멩이 정도로는 쉽게 죽지 않는지 다시 머리를 쳐들고는 으르렁 대며 소리를 지르려 하자 곧바로 돌을 놈의 입에 박아 넣었다.

콰직!

입안이 박살이 나며 놈의 입 주위에 피가 쏟아져 흘러내렸다.

입에 박혀버린 돌을 놓아둔 채 이번에는 훨씬 큰 돌덩이를 들어올렸다.

그러자 고블린의 눈이 커다랗게 떠졌다.

이번엔 놈의 눈도 공포에 물들었다.

그러나 그런 것에 마음 쓰면 도리어 놈에게 죽임을 당할 것이다.

20여 년 동안 그런 망설임 때문에 죽어간 동료들을 수도 없이 봐 왔었다.

그래서 한 치의 망설임도 없이 돌덩이로 고블린의 머리를 내려쳤다.

퍼어억!

"끼익!"

입안에 돌멩이가 박혀 있던 터라 제대로 비명을 지르지도 못한 채 머리를 아래로 축 늘어뜨렸다.

그리고 어느샌가 화살표로 통하는 연결점이 끊어진 느낌이 듦과 동시에 고블린이 바닥에 널브러졌다.

털썩.

"헉. 헉."

숨을 헐떡이며 쓰러져 있는 고블린을 내려다보는 유정

상은 지금 제정신이 아니었다.

워낙 짧은 시간에 벌어진 일이라 상황을 제대로 이해하고 있지 못했다.

그리고 곧 정신을 차린 후 고개를 들자 방금 고블린이 서 있던 자리에 그대로 떠 있는 화살표가 눈에 들어왔다.

고블린을 때려잡느라 정신이 없긴 했지만 분명 저 화살표와 교감이 있었다.

어떤 교감이었냐 하면 마치…….

'마우스의 포인터 같은 느낌. 그래 그런 느낌이었어.'

그러고 보니 화살표도 익숙한 모양이라고 생각했는데 마우스 포인터의 화살표 모양과 비슷해보였다.

'서, 설마. 말도 안 돼.'

어이가 없다는 생각을 하면서 다시 고블린의 사체와 함께 공중에 떠 있는 화살표를 바라보았다.

처음에 머리에 박혔을 때부터 정체를 알 수 없었던 그 화살표가 이번엔 마우스의 커서처럼 유정상의 의지에 의해 움직였다.

'누구냐? 넌.'

그런데 그때 눈앞이 다시 밝아지며 커다란 글자가 번쩍이며 눈앞에 생성되었다.

[각성하셨습니다.]

"헉! 뭐야! 흡."

커다란 글자에 놀란 유정상이 비명을 지르려다 자신의 입을 두 손으로 막았다. 또 다른 몬스터가 나타날지도 모르기 때문이었다.

그런데 각성했다는 커다란 글자가 눈앞에서 사라지더니 좌측 상단에 '레벨1'이라는 글자가 생겨났다.

마치 고글이라도 쓴 것처럼 눈앞에 새로운 투명창이 생겨 그곳에 새겨지는 것처럼 보였다.

눈을 껌뻑거리다 연신 눈을 비벼보았지만 글자는 사라지지 않았다.

"도대체 이게 뭔 일이야."

화살표 때문에 여러 번 놀라고 있었지만, 이번엔 정말 충격이었다.

마치 컴퓨터 모니터 화면이 3차원으로 구현된 것처럼 보였기 때문에 현실감각까지 잃어버릴 것 같은 기분이었던 것이다.

그런데 그 순간 그의 눈앞에 글자들이 떠올랐다.

[이름: 유정상]

[직업: 커서마스터]

[레벨: 1]

[공격력: 13]

[방어력: 10]

[생명력: 150/150]

[힘: 12]

[민첩: 13]

[체력: 12]

[지능: 11]

"이, 이게 뭐야? 내 정보라는 거야?"

갑자기 생겨난 자신의 상태정보를 보며 어안이 벙벙해 있었다.

마치 게임 속에라도 들어온 것 같은 느낌 때문에 전신에 소름이 퍼져나갔다.

던전 속에 끌려 들어온 것부터 상식을 벗어나더니 머리에 꽂혀 있던 화살표가 허공에 떠다니지 않나, 이번엔 자신의 정보창까지 떴다.

어디까지 놀라야 할지 감도 잡히지 않는 상황이었다.

그렇게 멍한 얼굴로 한참동안 말없이 서 있었다.

그리고는 정신을 차려야 한다는 생각에 주변을 살폈다.

그렇게 잠시 동안 숲을 뒤지고 다닌 덕에 조그마한 개울가를 발견했다.

비록 마실 수 있는 물은 아니었지만 씻는 것 정도는 문제될 것이 없다.

바깥은 2월의 날씨라 겨울이었지만, 여기 던전의 내부는 여름 날씨에 가깝다. 그래서 자신이 입고 있던 점퍼는 더위로 인해 더 이상 입고 있을 수가 없어서 벗어버렸다.

그리고 옷에 묻은 피 때문에 다른 몬스터가 꼬일지 모를 일이라 얼른 땅에 파묻어 버리고 몸에 묻은 피는 물로 씻어 냈다.

그렇게 한참 동안 세수를 했지만, 역시나 눈에 나타난 화면은 사라지지 않았다.

"미쳐버린 걸까?"

아마도 갑작스럽게 던전에 들어오는 바람에 어느 순간 미쳐버렸을지도 모른다는 생각도 들었다. 하지만, 이렇게 앞뒤 정황이 분명한 이야기가 계속 진행되고 있으니 그렇게 믿고 있을 수만을 없는 일이었으니 더 미치고 팔짝 뛸 일이었다.

그런데 예상치 못한 일이 생겼다.

쿠르르르르르.

갑자기 땅이 흔들리자 냇가 앞에 쭈그려 앉아있던 정상이 갑작스런 상황에 균형을 잃고 앞으로 넘어져 버렸다.

첨벙.

"으악."

물속에 머리를 처박아버린 상황에서 빠르게 몸을 벌떡 일으키고는 서둘러 커다란 바위나 나무가 없는 곳으로 이동하고는 몸을 숙였다.

갑작스런 지진으로 인해 주변 숲이 소란스러워지며 소형 몬스터들이 뛰쳐나오더니 우르르 이동해 가는 게 보였다.

그리고 지진에 놀란 비행 몬스터들도 하늘로 솟아오르는 모습이 보였다.

쿠르르르르르.

그렇게 30초 이상 크게 흔들리더니 곧 잠잠해졌다.

그것을 확인한 유정상이 숲에서 머리를 들어올렸다.

"젠장, 하필이면 재해가 일어나는 던전이라니."

던전에서도 자연재해는 발생한다.

그런 건 이미 수없이 경험한 터라 특별한건 아니다. 다만 이번엔 그 지진의 정도가 강하다는 게 문제였다.

확신할 수는 없어도 이런 지진이 이미 수차례 발생되었 다면 정말 큰 재앙이 닥칠지도 모르는 일이었기 때문이다. 거기에 생각이 미치자 더 다급해지는 기분이 들었다.

"재수가 이렇게 없을 수가 있냐. 젠장."

그런데 그때 숲에서 다시 부스럭 거리는 소리가 들려왔 다.

지금 당장은 언제 벌어질지도 모를 재앙을 걱정하는 것 보다 목숨을 온전히 보전한 채로 던전을 빠져나가는 것이 급선무다.

그래서 서둘러 몸을 다시 풀숲에 숨기고 몸에서 나는 냄 새를 지우기 시작했다.

풀과 꽃, 그리고 흙을 이용해 최대한 인간의 냄새를 없앴 다.

물론 물에 왕창 젖은 덕분에 몸에서 풍기는 냄새도 어느

정도 가려졌을 테지만 그것만으로는 안심할 수 없기 때문
이었다.

그 순간 다시 풀숲에서 바스락거리는 소리가 들려왔
다.

긴장한 상태로 소리가 나는 방향에 시선을 두었다.

그리고 곧 유정상의 입에서 바람 빠진 듯한 음성이 흘러
나왔다.

"뭐야?"

잔뜩 긴장하고 있었는데 정작 나타난 녀석을 보자 허탈
함에 힘이 쭉 빠져버렸다.

이번에 나타난 것은 조그맣게 생긴 하얀 털북숭이 생명
체.

토끼였다.

그런데 그 토끼의 머리위에 자그마한 뿔이 튀어나와있
다.

"뿔토끼?"

숲이 무성한 던전에 주로 서식하는 걸로 알려진 뿔토끼
는 일반 토끼보다도 엄청나게 재빠른 탓에 헌터들도 좀처
럼 쉽게 잡기 힘든 소형 몬스터였다.

하지만, 생긴 모습처럼 일반적인 몬스터에 비해 겁이 많
은 녀석이라 공격적 성향은 가지고 있지 않다.

그래도 이 난리 통에 도망가지도 않다니 맹랑한 녀석이
었다.

뿔토끼가 유정상을 발견하지 못했는지 코를 벌름거리다 주변을 뒤적거리며 풀 속에 숨어있는 뭔가를 찾아먹고 있었다.

벌레와 작은 풀, 그리고 뿌리 등이 녀석의 주식이다.

그 모습을 숨어서 지켜보던 유정상이 다시 공중에 떠 있는 화살표로 시선을 보냈다.

그것을 바라보며 화살표를 아래로 움직인다는 느낌으로 끌어내려보았다.

스르륵 가볍게 내려가는 화살표.

'정말 나와 연결되어 있다.'

혹시나 하는 생각에 곧바로 좌우로도 움직여 보았다.

역시 자연스럽게 움직인다.

비스듬하게 내려도 보고 쭉 끌어 올렸다가 갑자기 꺾어보기도 했다.

그런데도 신기할 정도로 반응이 빠르다.

실제 컴퓨터의 마우스 포인터도 이보다 반응이 빠를까 싶을 정도로 직관적인 움직임을 보였다.

그렇게 다시 화살표를 아래로 내려 본다.

뿔토끼의 머리위에까지 다가왔지만 전혀 눈치 채지 못한 걸로 보면 이놈에게도 보이지 않는 게 틀림없다.

그래서 다시 화살표, 아니 커서를 뿔토끼의 몸까지 가져가보았다.

커서가 몸 위에 겹쳐지자 그 주위로 하얀 빛이 보인다.

마치 후광처럼.

그런데 그때 뽈토끼의 머리위로 뭔가가 생성되었다.

'말풍선…… 인가?'

놀랍게도 만화 속 캐릭터가 대화할 때 사용되는 말풍선 같은 게 생성되었다.

'……!'

[이름: 뽈토끼]

[레벨: 1]

[공격력: 3]

[방어력: 3]

[생명력: 50/50]

[힘: 4]

[민첩: 35]

[체력: 30]

[지능: 5]

조촐한 정보가 보였다.

하지만 그것만으로도 황당한 마음이 든 유정상이 잠시 동안 멍한 상태로 그것을 바라만 보고 있었다.

마치 게임 속 캐릭터를 지정해 정보를 보는 것 같은 착각이 들자 이게 현실이 맞는지도 의심스럽기만 했다.

하지만 이 상황에서 방심할 수는 없는 일.

그리고 곧이어 고블린을 상대했던 기억을 떠올리고는 곧 바로 커서에 신경을 집중했다.

순간 커서에 힘이 들어갔다.

"끽!"

갑자기 뿔토끼가 경직되는가 싶더니 네 개의 다리를 버둥거리기 시작했다.

"되, 된다."

설마 하면서 실행한 일인데 고블린을 잡았던 것처럼 뿔토끼도 결국 몸을 버둥거리기만 할 뿐 도망치지 못하고 있었다.

결국 이것으로 커서의 역할을 어느 정도 이해할 수 있게 되었다.

컴퓨터 마우스 커서로 뭔가를 잡을 때처럼 화살표가 손으로 바뀌며 그것이 움켜쥐는 형태로 변해있다는 사실을 다시 확인하며 수긍할 수 있었다.

정신으로 움직이는 일종의 컴퓨터 커서란 사실을 확실히 인식한 것이다.

'어째서 이런 게…….'

원인은 알 수 없지만 어쨌거나 여기서 나갈 수 있는 최소한의 무기가 되어줄 수 있다는 건 그나마 다행한 일이었다.

"끼이이이!"

그런데 그때 갑자기 뭔가를 느낀 뿔토끼가 소리를 지르며 심하게 버둥거렸다.

그 때문에 커서에서 전해지는 힘이 제법 강하게 느껴졌다.

"웃!"

버둥거리는 뿔토끼를 바라보며 아직 숨긴 몸을 드러내지 않던 바로 그 순간.

[경고. 경고. 몬스터 출현.]

"……!"

"카앙!"

뭔가 거대한 물체가 풀숲에서 빠른 속도로 튀어나오더니 뿔토끼를 향해 달려들었다.

"끼엑!"

한순간 비명을 지른 뿔토끼가 삽시간에 뭔가 사납고 날카로운 입에 콱 물리더니 우적우적 씹혀지기 시작했다.

상위 포식자의 존재를 파악하고 도망치려 했지만 커서로 인해 움직임이 봉쇄된 탓에 결국 그렇게 생을 마감하고 말았다.

아그적. 아그적.

뼈가 생으로 부서지며 씹혀나가는 소리에 등골이 서늘해졌다.

유정상은 갑자기 나타난 커다란 몬스터에 압도당해 순간 그대로 얼어붙고 말았다.

지금 뿔토끼를 사정없이 씹고 있는 놈은 던전 몬스터중 하나인 '지옥늑대' 였다. 붉은 털을 가진 놈으로 크기는 송아지만 하며 성질이 사납고, 주로 하급 몬스터를 주식으로 삼는 녀석이다.

이놈도 하급 던전에 주로 나타나는 녀석이지만, 상대하기 위해선 최소 노련한 8급 헌터정도는 되어야 한다고 들었었다.

물론 9급이라고 하더라도 세 명이 뭉친다면 충분히 상대할 수 있는 놈이다.

당연하게도 검 정도의 무기는 필수다.

그러나 유정상은 일반인을 갓 벗어난 상태.

능력이라고 해봐야 금방 각성했으니 당연히 9급 능력자일 것이다.

일반적으로 8급 이상을 헌터라고 부르며 9급은 단순한 각성자 이상 취급하지 않았다. 대부분이 하급 몬스터와의 싸움에서도 능숙하지 않았기 때문이다.

물론 노련한 9급이라면 고블린 정도와 싸울 능력이 되긴 하지만, 상대가 지옥늑대라면 이야기는 다르다.

'큰일 났다.'

이 상황에서 커서를 사용한다고 해도 얼마나 먹힐지 알 수 없다.

그러나 여기서 도망치기는 쉽지 않다. 지금은 저렇게 뿔토끼를 먹느라 후각이 제대로 작동하지 않고 있지만 다 먹고 나면 발각되는 건 시간문제다.

거기다 귀도 밝아서 작은 소리에도 민감하게 반응한다.

어쩌면 지금 식사 중일 때가 공격할 마지막 기회일지도 모르는 일이다.

저딴 조그마한 녀석 한 마리 먹어봐야 배도 차지 않을 것이고, 아마 곧바로 자신을 사냥할 것이 틀림없으니 시간이 있을 리 없다.

우적우적.

한입거리밖에 안 되는 뿔토끼는 이미 입안으로 다 들어가 버렸다.

그 사이 조금은 능숙해진 커서를 움직여 서둘러 지옥늑대의 몸 위에 얹었다.

뿔토끼 때처럼 놈의 머리 위에 말풍선이 생겨났다.

[이름: 지옥늑대]

[레벨: 3]

[공격력: 80]

[방어력: 60]

[생명력: 650/650]

[힘: 25]

[민첩: 28]

[체력: 32]

[지능: 6]

'레벨 3? 역시 차이가 많이 난다.'

유정상 자신은 이제 레벨 1로 각성했을 뿐이다. 그런데 이놈은 레벨 3이다.

공격력이나 방어력이 말하는 수치가 정확히 어느 정도인지는 알 수 없지만 다른 수치들을 비교해 봐도 상식적으로 승산이 없다는 건 알 수 있었다.

그러나 커서가 어느 정도 놈에게 먹히냐에 따라 결과가 달라질 수도 있다.

어차피 이렇게 던전에 들어온 이상 귀환석을 얻지 못하면 나갈 방법이 없으니 어떡하든 싸움에 익숙해질 수밖에 없는 것이다.

결국 귀환석은 몬스터의 몸에서 나오는 것.

운이 좋아 던전의 보스몬스터를 만나기 전에 구할 수 있다면 살아날 가능성도 그만큼 높아지는 것이다.

'지옥늑대는 반드시 지금 죽여야 해. 시간이 없다.'

어디에서 이런 자신감이 생겨나는지 알 수 없는 일이었지만 지금은 그것을 생각할 겨를이 없다. 빨리 결정을 내려야 한다.

커서에 곧바로 힘을 가했다. 그러자 곧바로 화살표시가 손으로 변했고, 곧바로 움켜쥐는 모습으로 바뀌었다.

"크엉!"

갑자기 알 수 없는 힘이 작용하자 놈의 입안에 들어 있던 뽈토끼 고기의 일부가 바닥에 떨어져버렸다.

지옥늑대도 당황한 것이 틀림없다.

곧이어 놈이 몸을 움직이려 들자 그 엄청난 힘이 유정상에게 느껴질 정도였다.

'윽.'

버둥버둥.

고블린과는 비교도 되지 않는 강한 힘에 유정상의 몸이 휘청거릴 정도였다.

본능적으로 오래 버티기는 힘들다고 판단한 유정상은 죽은 고블린에게서 얻은 녹슨 칼을 두 손으로 움켜쥐며 정신을 집중했다.

그리고 긴장한 표정으로 숲에서 모습을 드러내자 지옥늑대가 눈에 살기를 피우며 난동을 부린다.

"크아아아앙!"

휘청.

놈이 머리를 흔들며 네 다리를 버둥거리자 유정상이 그 힘에 휘청했다.

그러나 지금 놈을 죽이지 못하면 먹히고 만다.

어째서인지 평소의 그라면 믿기 힘들 정도의 용기와 침착함이다.

"크아아아아앙!"

놈의 움직임이 더 포악해지고 날카로운 이빨이 더욱 위협적이다.

심장이 쪼그라드는 것 같았지만 미간에 더욱 힘을 주고

칼을 쥔 손에 더욱 힘이 들어갔다.

그리고 결심한 듯 빠르게 지옥늑대를 향해 달려들었다.

"하앗!"

"크아앙!"

커서의 힘이 조금 풀렸는지 놈이 머리 부분을 세차게 휘두르며 아가리를 쩍 벌리고는 유정상을 물기 위해 덮쳤다. 하지만 반사적으로 움찔하며 목을 숙이자 그 위로 놈의 숨결이 스쳐지나갔다.

곧바로 칼을 사용해 지옥늑대의 왼쪽 앞다리 윗부분을 강하게 찔렀다.

푸숙.

"캐엥!"

놈이 고통에 비명을 질렀지만 아랑곳없이 곧바로 박힌 칼을 뽑아냈다. 녹슨 칼이라 쉽게 뽑히지는 않았지만 그런 것을 따질 정신이 있을 리 없다.

놈이 고통에 비명을 지르면서도 앞발톱으로 유정상을 향해 휘둘렀다.

"크윽!"

어깨에 발톱이 스치자 피가 튀었다.

제한된 움직임이었음에도 그 움직임이 너무 빨라 제대로 피하기가 어려웠다.

그러나 그런 상황에서도 놈을 죽여야 한다는 본능으로 유정상은 다시 놈의 다른 발에 칼을 박아 넣었다.

"크에에엥!"

놈이 또다시 비명을 질렀지만 목숨이 걸린 이상 그것을 봐줄리 없다.

"으아아아앗!"

혼이 빠져버린 듯 전신에 지옥늑대의 피를 뒤집어 쓴 채로 미친 듯 녹슨 칼을 휘두르기 시작한 유정상.

피 칠갑을 한 모습이 마치 혈귀라도 된 것처럼 몬스터의 혈향에 이성을 잃어갔다.

"죽어라! 개자식아!"

"깨에에에엥! 깽!"

어느새 지옥늑대가 과도한 출혈에 의해 움직임이 둔해지자 그 틈을 노린 유정상이 놈의 목에 칼을 박아 넣었다.

"깨에에에엥!"

칼을 박아버린 상태에서 유정상은 지옥늑대로부터 몸을 떨어뜨리며 뒤로 빠르게 물러섰다.

그리고 그때 커서에 대한 집중이 사라지자 놈이 풀썩하며 바닥에 엎어졌다.

"허억. 헉. 헉."

가쁜 숨을 몰아쉬며 지옥늑대가 피를 목에서 쏟아내는 모습을 내려다보는 유정상은 이미 전신이 피로 범벅이 되어 있는 지옥 귀신같은 모습이었다.

아직 완전히 숨이 끊어지지 않은 지옥늑대가 전신을 부르르 떨어대다 곧 축 늘어져 버렸다.

그때 '레벨 업'이라는 글씨가 생겨나며 여자의 음성이 들려왔다.

[레벨이 올랐습니다.]
[드래그 기능이 생성됩니다.]

찌리릿.

기묘한 희열이 전신을 훑고 지나가는 듯한 느낌.

하지만 그럼에도 유정상은 아직 정신이 없던 터라 멍한 모습이다.

그리고 곧이어 눈앞의 구석에 보이던 '레벨1'이 '레벨2'가 되었다.

유정상의 능력으로 잡기엔 과도한 몬스터였던 탓인지 단번에 레벨이 오르고 말았다.

그렇게 한참을 멍한 상태로 서 있다가 어느새 털썩 주저앉고는 크게 숨을 내쉬었다.

"후우우."

그제야 제정신을 차린 유정상이 자신의 손을 내려다보았다.

몬스터를 벌써 셋이나 죽여 버렸다.

각성을 했다고는 하지만 그래봐야 갓 9급 능력자.

경험이 많다는 기억을 가지고 있다고 하더라도, 저 괴상한 화살표의 도움이 없었다면 절대로 불가능한 결과였다.

그리고 떠오른 생각.

"그런데 방금 여자 목소리가 들렸는데."

레벨업을 했다라는 말과 함께 '드래그 기능이 생성'되었다는 여자의 목소리가 생각났다.

"드래그? 설마 그 드래그?"

컴퓨터를 할 때 마우스 포인터로 뭔가를 붙잡아 옮기는 것.

그것이 드래그라고 알고 있던 유정상이 다시 한 번 공중에 떠 있는 화살표를 바라보았다.

그런데 시야 자체가 무슨 액정화면마냥 자잘한 글씨들이 이리저리 보이고 있으니 정말 화살표는 윈도우 화면 속 마우스 포인터처럼 보이기도 했다.

그렇게 생각하며 무의식적으로 이리저리 커서를 옮겨보는데 지옥늑대가 쓰러져 있는 그 자리에 뭔가가 반짝인다.

"어?"

그곳으로 다가가니 바닥에 투명유리병에 붉은색의 액체가 들어있는 요구르트 병 크기만 한 게 보였고, 그 곁에 금색 동전 몇 개가 떨어져 있었다. 거기다 아까 녀석의 목에 꽂았던 피 묻은 녹슨 칼과 함께 제법 번듯해 보이는 숏 소드 형태의 검이 보인다.

"이, 이거 아이템?"

게임 세상도 아닌데 이런 게 떨어져 있으니 조금은 황당하면서도 어이가 없었다. 어디에서도 던전에서 몬스터를 사냥하며 이런 아이템이 생겨난다는 건 들어본 적도 없기 때문이다.

대부분은 몬스터의 사체에서 가죽과 뼈, 그리고 피를 채취해 사용했다. 그런데 유정상이 죽인 몬스터들은 마치 게임처럼 이렇게 아이템을 뱉어냈다.

지옥늑대가 죽어있는 자리 근처로 다가가 바닥에 떨어져 있는 것들에 손을 뻗었다.

그러나 생각도 못한 일이 벌어졌다.

"얼래? 왜 안 잡혀?"

눈에는 분명 보이고 있었는데 어찌된 영문인지 손에 잡히지 않는 게 아닌가? 마치 홀로그램인 것 마냥 손이 그것들을 지나쳐버린다.

그러고 보니 나타난 아이템과 금화들이 약간 투명한 것처럼 보였다.

뭔가 존재하지 않는 듯한 느낌에 황당함을 느꼈다.

"이거, 뭐야? 그림의 떡이냐?"

그렇게 몇 번을 헛손질 하다 문득 떠오른 말.

'드래그 기능이 생성됩니다.'

분명히 드래그라고 했었다. 드래그라면 정말 마우스 커서와 기능이 비슷하다.

고개를 끄덕이고는 그대로 살짝 물러서더니 커서를 움직여 검 위에 얹어보았다.

[지옥늑대의 뼈로 만든 검 : 본소드]

[내구력: 63/63]

[공격력: 8~12]

[어지간한 철검의 강도를 가진 숏 소드 형태의 무기]

[옵션: 힘을 5 올려준다.]

"헐, 완전 게임이네. 게임."

나름 목숨 걸고 싸웠는데 어쩐지 게임 속 캐릭터가 되어 버린 기분이 들었다.

하지만 뭐 알기 쉬우니 오히려 좋은 걸지도.

그러나 자신의 정보를 확인할 수 없으니 저 수치들에 대한 건 결국 알기 어렵다.

다른 것들도 그렇게 커서를 올려 정보를 확인했다.

[25골드]

금색 동전을 골드로 칭하는 것도 게임과 비슷하다.

[하급 회복 포션]

[20의 생명력을 회복할 수 있다.]

"회복 포션이라니. 정말 황당하네."

포션이 아예 존재하지 않는 건 아니다.

현재의 시점에서 보자면, 희귀할 뿐만 아니라 효과도 미비할 정도.

하지만, 던전에서 사용할 수 있는 가장 귀한 치료제임을 생각하면 모르긴 몰라도 엄청난 가격에 거래될 것이 틀림없다.

문제는, 지금 눈앞에 있는 포션들은 손에 잡히지도 않는 물건들.

만약 소유할 수 있다고 하더라도 팔 수 있는 물건은 아닐 것이다.

하지만 혹시나 하는 마음에 그것들 위로 커서를 가져가 잡는다는 느낌으로 힘을 주었다.

띠링.

띠링.

띠링.

그러자 아이템들을 쥘 때마다 경쾌한 음을 내며 사라진다.

곧바로 시야 오른쪽 편에 나타난 사각형의 빈 상자 모양이 생겨났고 그곳에 차곡차곡 그것들이 자리를 차지한 모습이 눈에 들어왔다.

'인벤토리……'

어쩐지 원리가 쉽게 이해가 된 유정상이 눈앞의 화면들을 살폈다.

그러나 특별히 더 보이는 건 없다.

하지만 아이템이 손에 잡히지 않는다면 무슨 의미가 있을까 싶은 생각에 잠시 고민을 하다고 곧바로 인벤토리에서 지옥늑대의 뼈로 만든 검인 본소드를 꺼내 눈앞으로 끌고 와 손위에 올려보았다.

"윽."

묵직한 검이 손위에 잡혔다.

"이런 원리라는 건가?"

그냥 잡으려 할 땐 잡히지 않던 검이었지만 클릭 후 인벤토리에서 꺼내면 사용할 수 있게끔 되어 있었다.

처음 사용했던 녹슨 검은 아마도 고블린이 사용 중이던 검이라 곧바로 사용이 가능했지만 이렇게 몬스터를 죽인 이후에 생성된 물건들은 커서를 이용해야만 획득이 가능한 것 같았다.

뭔가 오래전에 했던 게임과 비슷한 사용법이라 그런지 이해가 쉬웠다.

어쩌면 사용자인 유정상의 편의에 의해 가장 손쉬운 형태로 만들어진 인터페이스일지도 모른다.

'혹시?'

설마 하는 마음을 가지면서도 혹시나 하는 마음으로 집중해보았다.

그런데 놀랍게도 시야의 하단에 붉은색 바와 푸른색의 바가 생겨났다.

붉은 바는 보나마나 생명력일 것이고, 푸른 바는 마법

에너지인 마나량 일 것이다.

실제로 많은 헌터들이 마나의 에너지를 사용하고 있으니 아마도 맞을 것이다.

이 두 개는 화면에 띄어놓는 편이 즉각적인 상태를 확인하기 좋을 것이라 판단되어 그대로 놔두었다.

"완전 게임 화면이네. 그래도 생각보다는 시야를 많이 가리지는 않는구나."

눈앞에 뜬 상태가 반투명이라는 것도 그렇지만 입체적으로 약간 거리를 둔 채로 떠 있는데다가 실제 시야가 컴퓨터 모니터보다 훨씬 넓은 탓이기도 했다.

그런데 생명력이라 짐작되는 붉은바가 15%가량 닳아있다.

아마도 몇 번의 전투가 원인인 듯 보였다.

특히 지옥늑대에게 당한 어깨 상처가 쓰려왔다.

포션을 사용할까하는 생각을 하다가 곧 그 생각을 지우고 셔츠 아래를 찢어 지혈하니 역시 생명력이 약간 차오른다.

'포션은 위급할 때 써야지.'

더 강한 놈과 만났을 경우를 대비해 둘 필요도 있었다.

그렇게 생각한 유정상은 지금부터 어떻게 하든 이곳을 탈출할 것만 생각하기로 했다.

지옥늑대도 뿔토끼를 먹는 동안 급습해 겨우 처치할 수 있었는데 보스 몬스터가 아니었는지 결국 귀환석이 나오지는 않았다.

그렇다면 보스 몬스터는 더 강한 놈이라는 것.

물론 레벨이 조금 올랐으니 강해지기는 했을 것이다. 그러나 다시 지옥늑대를 만난다고 하더라도 쉽지 않을게 분명했다.

이번 싸움은 놈이 뿔토끼를 먹느라 정신을 놓고 있는 상황이었으니 운도 따랐다.

'이 던전 등급이 도대체 뭐야? 생각 이상으로 강한 놈들이 많잖아.'

일반적으로 1,2성급 정도의 던전이라면 지옥늑대는 던전보스가 맞다. 아니 그보다 약한 보스도 얼마든지 있으니까. 그런데 지옥늑대가 일반 몬스터처럼 출현했으니 최소 3성급은 된다는 이야기가 된다.

이렇게 되면 더 상위의 몬스터가 보스라는 결론에 다다른다.

커서가 생각 이상으로 대단한 위력을 발휘해주고는 있지만 방심할 수는 없는 일이었다.

'무슨 일이 있어도 살아서 나간다.'

이제 겨우 뇌종양이 사라져 희망이 생겼는데 이런 곳에서 인생을 끝낼 수는 없는 일이 아닌가? 아무리 이런 상황이라도 삶에 대한 희망을 버릴 수는 없다.

냉정하게 지금의 자신을 되돌아보았다.

황당하긴 하지만 커서 또한 점점 진화하고 있다.

역시.

'게임 시스템……. 결국 사냥인가?'

새롭게 생긴 커서의 능력을 믿고 싸울 수밖에 없는 상황이다.

'드래그' 능력이 추가된 이상 이것을 확인해 볼 필요가 있다.

그리고 중요한 건 아직 육체적 능력이 미약하다는 사실.

몬스터와 맞닥뜨린다면 순식간에 당할지도 모른다.

그래서 자신을 드러내지 않고 싸워야 한다.

'연습.'

주변에 아무 것도 없다는 걸 확인한 유정상이 뭔가 실험할 만한 것을 찾았다.

그리고는 움직이지 않는 물건부터 시작했다.

돌멩이를 커서로 잡고 들어보았다.

작은 건 쉽게 들렸다.

그다음 조금 큰 것을 들어보았다.

힘이 들긴 해도 가능하다.

9급 능력자로서 일반적으로 들 수 있는 크기의 바위에 도전해보았다.

일반인이라면 죽었다 깨어나도 들 수 없지만 8급에 근접한 9급이라면 가능한 정도의 크기다.

"크윽."

몸에 전해져오는 압박이 엄청나 짧은 거리만 들어 옮길 수 있었다.

"헉. 헉."

커서도 무리해서 사용하면 지치는 것인지 호흡이 가빠왔다.

곧바로 나무 위 열매에 커서를 가져가 보았다.

그런데 열매가 잘 잡히지 않는다.

"뭐지?"

순간 당황하다 아래의 푸른색 바에 에너지가 거의 남지 않았다는 걸 확인했다.

결국 커서로 뭔가를 실행할 때는 마나를 사용한다는 뜻이다.

잠시 바닥에 앉아 쉬자 마나가 다시 차오른다.

곧바로 다시 나무 위로 커서를 보냈다.

역시 머리통만한 열매를 따는 것도 어렵지는 않았다.

이렇게 조금씩 숨죽여 이동하면서 이것저것 실험을 해보고 나니 감각도 익숙해졌다.

그렇게 몸을 숨긴 채 이동한지 20여 분 정도가 흘렀을 때, 커서가 한쪽 방향을 가리키더니 이내 붉은 색으로 번쩍거리기 시작했다.

그리고는 커서 아래에 글자가 생겨났다.

[경고. 경고.]

[몬스터 감지.]

순간 깜짝 놀란 유정상이 다시 몸을 깊숙이 숨겼다. 커서가 보내오는 경고는 이미 경험한 탓에 의문 따윈 가지고 있지 않았다.

곧바로 커서가 가리킨 방향에서 경고대로 두 마리의 고블린이 모습을 드러냈기 때문이다.

녹슨 칼을 들고 은밀하게 움직이고 있었으니 원래대로라면 유정상이 오히려 발각이 되고 말았을지도 모른다.

어쨌든 두 놈이 은밀하게 움직이는 걸로 봐서는 뭔가 목표가 있는 게 틀림없다.

'설마 난 아니겠지.'

그렇게 생각하며 지켜보는데 방금까지 유정상이 있었던 자리를 살피는 게 아닌가? 킁킁거리며 냄새까지 맡고 있는 것을 보면 놈들의 타깃은 분명 자신이었다.

그것을 확인한 이상 그저 구경만 하고 있을 수는 없다. 놈들은 동물적 감각인지 아니면 다른 방법이 있는 것인지 일반적인 고블린에 비해 추격술에 능해 보인다.

커서 하나를 한 녀석의 머리 위에 가져갔다.

그리고 새로운 기능에 대한 실험을 해봐야겠다는 생각과 함께 커서를 몸 위로 올려 덥석 붙들었다.

"키엑!"

놈이 갑자기 경직되며 비명을 지르자 곁에 있는 놈도 덩달아 놀랐는지 펄쩍 뛴다.

"쿠에에에엑!"

커서에 잡힌 놈의 몸이 커서의 움직임에 의해 공중으로 떠오르자 고래고래 비명을 지르며 양팔과 다리를 버둥거린다.

곧바로 커서를 빠르게 움직여 근처 바위로 놈을 끌고 가서는 그대로 박아버렸다.

쿵! 콰지직!

놈의 머리가 박살나며 목이 기형적으로 꺾인 채로 몸을 축 늘어뜨린다.

다른 놈이 그 광경을 보고 눈을 튀어나올 것처럼 크게 뜨고는 멍하게 쳐다보다 곧바로 펄쩍 뛰더니 그곳을 벗어나려했다.

"어림없지."

이제는 커서 사용법도 제법 능숙해진 유정상이 곧바로 커서를 이동시켜 나머지 한 놈을 붙들었다. 제아무리 놈이 빠르다고 해도 커서만큼 빠를 수는 없었다.

"키에엑!"

그리고는 인정사정없이 첫 번째 놈처럼 같은 바위로 끌고 가 그대로 박아버렸다.

콰지직!

"꾸엑!"

전신이 뒤틀리며 축 늘어지자 이놈도 곧바로 아래로 머리를 떨어뜨렸다. 그것을 확인하고는 곧 커서에서 힘을 빼자 몸이 바닥에 떨어져버렸다.

철푸덕.

첫 번째 녀석은 어느새 금색 동전 몇 개와 조그마한 파란 물병을 떨어뜨렸고, 두 번째 사냥한 녀석도 금색 동전을 몇 개 남겼다.

그것들과 함께 놈들이 가지고 있던 녹슨 칼들도 인벤토리에 넣었다.

[레벨이 올랐습니다.]

'레벨 3'이 되었다.

레벨이 오름과 동시에 온몸에 흐르는 희열.

엄청난 양의 엔돌핀이 전신에 퍼져나가는 것 같은 기분을 잠시 만끽한 후 땅에 떨어진 것들을 확인했다.

그리고는 곧바로 커서로 그것들을 지정하자 띠링 하는 소리와 함께 다시 생성된 인벤토리에 파란 물병 한 개가 추가되었다. 그리고 아래 부분에 '38G'라 적혀있는 건 아마도 보유 금액이라고 보면 될 것이다.

'돈으로는 뭘 하는 거지?'

실제 현실에서 통용되지 않는 돈이 생성되었는데 이걸 어디서 사용할 수 있는지에 대해서는 불분명했다. 던전 안에 가게가 있을 리 만무할 테고, 밖에서도 있을 것 같지는 않았다.

어쩌면 일종의 상징일지도 모른다. 자기만족과도 같은.

아무튼 이번에 간단히 두 마리를 처리했다.

만약의 경우를 대비해 지옥늑대의 뼈로 만든 검을 준비했지만 별로 필요 없는 일이 되었다. 그런데. 문득 하단의 파란색 바를 살펴보니 에너지가 70%정도 줄어들어 있었다.

'생각보다 많이 줄었다.'

결국 만약 고블린이 세 마리였다면 아슬아슬했을지도 모른다는 결론에 다다랐다.

뒤늦게라도 그런 사실을 알았기에 망정이지, 실제 상황에서였다면 지금처럼 온전히 숨을 쉬고 있지는 못했을 것이라는 생각에 식은땀이 흘렀다.

파란색 바를 그렇게 잠시 지켜보니 서서히 차오른다.

그렇게 잠시나마 휴식을 취했다.

낮부터 아무것도 먹은 게 없는 탓에 목이 마른데다 배도 고팠다.

보통 각성자들은 던전에 투입될 때 비상 식량과 식수를 챙겨간다. 하지만 커서의 이끌림에 무방비로 던전에 들어온 정상에게 그런 것이 있을 리 없으니 빨리 보스를 잡고 빠져 나가거나 아니면 던전에 있는 음식을 찾아야만 한다.

그런데 유정상이 알기로는 던전의 음식은 그냥 먹을 수 있는 게 거의 없다.

일반적인 환경이 아닌 던전이라는 곳에서 자란 동식물들을 그냥 섭취할 경우 독성 때문에 부작용이 발생한다는 사실은 각성자들에게 상식이었다.

물도 씻는 정도만 괜찮을 뿐 식수로 사용하는 것은 금하고 있었으니 당연한 일이었다.

잠시 바닥에 앉아 휴식을 취하던 도중 커서의 화살표가 어딘가로 향하고 있다는 사실을 깨달았다. 평소에는 비스듬하게 위를 향하고 있었는데 지금 보니 옆으로 향하며 어딘가의 방향을 가리키는 것처럼 보였다.

애초에 화살표의 모양을 하고 있었으니 착각할 수밖에 없었던 것이다.

'보스를 가리키는 건가? 아니면, 귀환석이 있는 장소?'

뭐가 되었건 커서가 방향을 가리키는 이상 그곳으로 가 볼 수밖에 없다.

결국 잠시나마 달콤했던 휴식을 뒤로 하고 다시 이동하기 시작했다.

어쨌거나 몸의 한계가 다가오는 이상 시간싸움이 될 것이기 때문에 그냥 무턱대고 한곳에 오래 머무를 수는 없었다.

'절대로 이런 곳에서 죽을 수는 없다.'

그렇게 한동안 걸었지만 별다른 몬스터들은 나타나지 않았다.

'헉. 헉.'

그런데 허기보다 갈증 때문에 더 빨리 지쳐가고 있었다.

그런데 그 순간.

쿠르르르르르.

쿠르르르르르.

"엇!"

이번에도 갑자기 땅이 진동했다.

처음 느꼈던 것보다 더욱 강한 울림 때문에 각종 몬스터들이 갈피를 못 잡고 난리치며 숲은 다시 소란스러워졌다.

유정상은 이런 진동이 짧은 간격으로 계속 찾아왔다는 사실에 불안함을 느꼈다. 결코 좋은 현상이 아니었기 때문이다.

'큰 지진까지 얼마 남지 않았다.'

이런 식으로 대변동이 이어져 던전이 사라지는 경우도 제법 있었기 때문에 던전에 갇히는 것은 대수로운 문제가 아니었다. 재수가 없으면 아예 던전과 함께 소멸해버릴지도 모를 일이기 때문이다.

'시간이 얼마 없다.'

그렇게 심각한 표정으로 움직이는데 이동 중이던 방향에서 진한 피비린내가 느껴졌다.

순간 유정상은 몸을 잔뜩 숙이고는 조심스럽게 이동하며 커서가 가리키는 방향으로 이동했다.

거칠게 생긴 잡초가 무성한 풀숲에 숨어 조심스럽게 살피다 곧 그의 숲 건너편이 시야에 들어왔다.

"크아아아아아!"

괴물의 포효에 깜짝 놀란 유정상이 움찔거리다 곧 그곳을 자세히 바라보았다.

그가 있는 곳과 20여 미터 정도 떨어진 장소였는데 뭔가 중앙에 커다란 몬스터가 발버둥을 치는 게 보인다.

크기는 대략 2미터 정도에 피부는 푸른색의 엄청난 근육질 몬스터가 쇠사슬에 묶인 채로 포효하고 있었다.

'오크? 도대체 무슨 상황이지?'

일반적인 오크에 비해 덩치가 월등히 큰 오크 전사였다.

그런데 오크의 주변에 고블린들이 잔뜩 모여 있었다.

"캘! 캘캘!"

쇠사슬에 묶인 채 포효하는 놈의 사방에서 십여 마리의 고블린들이 놈의 몸과 연결된 밧줄을 당기며 움직임을 봉쇄하고 있었다.

하지만 오크 전사의 힘이 어찌나 강한지 그 많은 고블린들이 소리를 지르며 버티느라 땀을 뻘뻘 흘리고 있었다.

그리고 그것을 근처에 바라보는 커다란 고블린이 눈에 들어왔다.

키는 오크전사와 엇비슷하고 일반 고블린에 비해 상당히 비대한 체형을 가진 놈으로 보통 '두목 고블린'으로 불리는 녀석이었다.

그런 놈의 목에 와인색의 영롱한 빛을 뿜는 커다란 보석이 걸려있었다.

그것이 무엇인지는 알 수 없었지만 한눈에도 범상치 않은 물건임은 알 수 있었다.

어쨌거나 몬스터가 몬스터를 잡고 있는 희한한 광경에

유정상은 호기심이 생겼다.

던전 레이드 생활을 거의 20년 가까이 했던 그로서도 처음 보는 광경이었으니 당연한 일이었다.

그렇게 몬스터들의 모습을 보고 있는데 두목 고블린이 뭔가를 중얼거리며 날카로운 물건을 들어올렸다.

대형 몬스터의 송곳니로 보이는 물건이 두목 고블린의 손에 쥐어져 있었다.

아무래도 무슨 의식을 하는 것처럼 보였는데 그러고 보니 주변의 모양이 마치 제단처럼 보이기도 했다.

"크아아아아!"

오크 전사가 두목 고블린을 노려보며 흉성을 터뜨렸지만, 그는 전혀 미동도 없이 계속 뭔가를 중얼거리기만 했다.

이내 두목 고블린의 중얼거림이 멈추자 사방에서 고블린들이 다시 쇠사슬을 당겼다.

"크아아아아!"

"끼에엑!"

오크의 힘이 너무 강했던 탓인지 몇 마리가 그 힘을 이기지 못하고 바닥을 구르는 모습도 보였다. 그러나 십여 마리가 돌아가며 힘을 가하자 오크도 이내 그 힘을 이기지 못하고 움직임을 봉쇄당하고 말았다.

그것을 확인한 두목 고블린이 오크 전사에게 다가가더니 뭔가 다시 중얼거리는가 싶었는데 곧바로 들고 있던 몬스터의 송곳니로 오크의 심장 쪽을 찔렀다.

푸슉!

"쿠오오오오!"

고통에 비명을 지르던 오크전사가 버둥거리다 곧이어 입에서 피를 뿜어냈다. 하지만 두목 고블린은 아랑곳없이 오크의 살을 찢고는 거기서 심장을 끄집어냈다.

"카아아아!"

곧이어 그 자리에서 무릎을 꿇는 오크전사.

전신을 부르르 떨고 있지만 생명을 다한 탓인지 이내 움직임을 멈추었다.

그것을 내려다보던 두목 고블린이 오크의 심장을 하늘로 번쩍 들어 올린다. 그러자 고블린들이 펄쩍펄쩍 뛰며 알 수 없는 소리를 질렀다.

"엑! 킥킥!"

이내 소리가 잦아들자 주변을 돌아보던 두목고블린이 오크의 심장을 입에 가져갔다. 그리고 우걱우걱 씹었다.

그렇게 심장을 다 먹어치우더니 곧바로 쓰러져 있는 오크의 배를 가르고는 그 속에서 피범벅의 뭔가를 꺼낸다.

'오크의 마정석.'

유정상은 그것이 마정석임을 알 수 있었다.

그런데 몸속에서 조그마한 보석을 꺼낸 두목 고블린이 한 번 더 소리를 지르고는 곧바로 그것을 날름 삼켜버렸다.

그 순간 두목 고블린의 눈이 부릅떠졌다.

"크오오오오!"

놈이 고통스러운지 머리를 감싸쥐고는 포효하기 시작했다.

그 모습에 놀란 다른 고블린들이 녀석의 주변에서 물러나고 있다.

미간을 잔뜩 찌푸린 채 그 광경을 바라보던 유정상이 커서를 두목 고블린 몸 위에 겹쳐보았다.

[각성중입니다.]

두목 고블린의 머리 위에 떠오른 말풍선에는 다른 정보가 없이 각성중이라는 글만 있었다.

'각성 중?'

그러고 보니 유정상도 뭔가 떠오르는 게 있었다.

처음 생성된 던전엔 보스 몬스터가 존재하고 그 몬스터를 잡으면 자연히 귀환석이 생겨난다. 하지만 이미 공략된 던전이라면 이야기가 다르다. 일정량의 몬스터를 사냥하면 랜덤 형식으로 탈출구가 생겨나므로 굳이 보스를 상대하지 않더라도 빠져나올 수 있다.

여기까지가 일반적으로 알려진 사실이다.

하지만 그것과 다른 일종의 돌연변이가 보스.

드문 일이긴 하지만 던전 보스의 심장을 먹고 마정석을 섭취하면 그 던전의 보스몬스터가 된다는 이야기를 들은 기억이 났다.

아무튼 유정상은 거의 보기 힘든 일을 목격하고 있었다.

'그럼, 저 뚱뚱하고 커다란 고블린이 이 던전의 보스가 된다는 뜻인가?'

원래라면 홀로 있는 오크전사만 잡으면 끝나는 일이다. 그런데 두목 고블린이 보스가 된다면 더 까다롭게 될 것이라는 건 불 보듯 뻔 한 일이다.

기본적으로 주변에 부하를 잔뜩 거느리고 있어서 접근하기도 쉽지 않을 뿐더러, 저 두목 고블린의 전투력도 만만치 않기 때문이다.

유정상의 경험으로도 녀석을 직접 잡아 본적이 없었기 때문에 정확한 건 알 수 없었지만, 녀석에 대한 정보는 어느 정도 알고 있었다.

두목 고블린.

다른 고블린에 비해 훨씬 커다란 덩치를 하고 있으며, 영악한 놈이다.

기본 전투력도 8급의 노련한 헌터를 능가하는데다 기습적으로 사용하는 마법은 목숨을 건 싸움에선 치명적이다.

문제는 저 십여 마리의 고블린들 사이에 있는 녀석을 무슨 수로 잡느냐는 것이다.

그런데 그때 시끄럽게 발광하며 소리를 지르던 놈이 잠잠해졌다.

무릎을 꿇은 채 가만히 있더니 곧 놈의 이마에 검붉은 색의 커다란 뿔이 자라났다.

놈의 피부도 원래의 푸른색에서 검붉게 변해버렸다.

일단 놈의 정보를 파악하기 위해 다시 커서를 놈의 몸에 가져갔다.

[각성 완료]

[던전의 보스로 승격됩니다.]

역시 유정상의 예상대로 두목 고블린이 던전의 보스가 되었다.

[이름: 두목 고블린(던전보스로 승격)]

[레벨: 4+2]

[공격력: 100+40]

[마력: 20+10]

[방어력: 120+45]

[생명력: 990+250/990+250]

'레벨이 4+2라고?'

아마도 원래가 4였을 것이고, 각성하면서 추가로 두 단계에 오른 걸로 보였다.

거기다 마력도 더 올라버렸다.

안 그래도 감당하기 힘든 놈을 괴물로 만들어 버린 것이다.

'어떡하지? 드래그 능력으로 감당할 수 있을까?'

물론 드래그 능력의 개발로 인해 놈을 붙잡아 들 수 있을지도 모른다. 그러나 지금까지의 경험으로 보건데 드래그를 하자마자 마나 에너지가 바닥날 가능성이 매우 크다는게 문제였다.

만약 놈에게 커서를 걸어 드래그를 했다가 금방 풀려버린다면 놈이 눈치를 채고 추적을 개시할 가능성이 크고, 그렇게 놈들에게 추격을 당한다면 안 그래도 굶주려 있는 상태에서 얼마나 더 버틸 수 있을지 장담할 수 없는 지경으로몰릴 것이다.

'어떻게 해야 하지?'

정면 승부를 할 수는 없으니 어떡하든 커서를 이용해 몸을 숨긴 채로 놈들을 상대해야 한다. 그렇지 않고 도중에라도 놈들에게 발각된다면 큰일이다.

콰르르르릉.

"크에에에엑!"

"캬아아아아!"

땅이 다시 심하게 울리며 흔들리자 녀석들이 날뛴다.

고블린들도 뭔가 주변 상황이 이상하다고 생각했는지 안절부절 못하는 분위기였다.

하지만 두목 고블린은 그런 분위기에도 아랑곳하지 않고 그저 덤덤하게 발을 바닥에 쾅쾅 찍으며 모두를 진정시켰다.

그 순간 알 수 없는 파장이 주위로 퍼지며 근처 고블린들을 장악한다.

덕분에 요란스럽던 고블린들이 잠잠해진다.

유정상도 미약하게나마 그 힘을 느꼈다.

'마력의 힘이라는 건가?'

심각한 얼굴로 두목 고블린을 지켜보았다.

지진의 간격이 짧아지고 강도도 강해지고 있는 상황에서 만만치 않은 두목 고블린과 그 부하 고블린들.

하지만 급한 마음과는 달리 정신은 차갑게 상황을 분석하고 있었다.

이전의 노련했던 자신도 이정도로 냉정하게 상황을 판단한 적은 없었는데 어찌된 영문인지 모를 일이었다.

그렇게 잠시 생각에 잠겨있는데 고블린 중 한 놈이 멍청한 얼굴로 두목 고블린 주위를 맴도는 게 보였다.

그것을 보고는 눈을 빛낸 유정상이 커서를 내려 그 고블린 쪽으로 가져갔다.

곧바로 녀석이 쥐고 있는 녹슨 검에 커서를 지정했다.

"케에?"

고블린이 뭔가 이상한지 갸웃거린다.

두목 고블린의 시선이 반대쪽을 향해있음을 확인하고는 작은 고블린의 녹슨 칼을 끌어 두목 고블린의 엉덩이에 방향을 맞췄다.

그리고 강하게 그것을 드래그 해버렸다.

푸슉.

그대로 녀석의 칼이 두목 고블린 엉덩이에 꽂혔다. 하지만 질긴 가죽 탓에 살짝 꽂혔을 뿐이다. 그러나 당한 녀석에겐 그게 아니었나보다.

"크엑!"

갑작스런 고통에 비명을 지른 두목 고블린이 펄쩍 뛰더니 몸을 돌리자 엉덩이에 꽂혀있는 검을 발견했다.

그런데 그 검을 들고 있던 고블린은 아직도 영문을 알 수 없다는 표정과 함께 검이 찌른 엉덩이의 주인을 확인하고는 사색이 되어버렸다.

"쿠어어어!"

고함을 지른 두목 고블린이 엉덩이에서 검을 뽑아내고는 흥분했는지 길길이 날뛰었다. 그리고는 오른팔을 번쩍 들어 올리더니 사정없이 자신의 엉덩이를 찌른 고블린의 머리를 내려쳤다.

퍼억!

빠각!

"꾸에엑!"

소리가 범상치 않았는데 역시나 한방에 고블린의 머리가 몸속으로 함몰되며 그 충격에 그대로 절명해 버렸다.

주변의 고블린들은 동료가 한방에 죽어버렸지만 별 감흥이 없는 모습이었다.

그런 상황에서 다시 다른 한 놈이 들고 있던 허술한 창에 커서를 가져갔다.

그리고는 곧바로 두목 고블린의 왼쪽 허벅지를 찔러버렸다.

이번에도 펄쩍 뛰며 비명을 지른 두목 고블린이 커다랗게 소리를 지르며 창으로 찌른 고블린에게 다가가 목을 잡고 비틀더니 머리를 뽑아버렸다.

푸슉!

목이 뽑혀져 나간 자리에서 피가 분수처럼 솟구쳤다.

그런데도 분이 풀리지 않았는지 두목 고블린이 양쪽 팔까지 강제로 뽑아내고는 쓰러진 사체를 발로 사정없이 밟아댔다.

퍽! 퍽!

"캬오오오오오!"

엉덩이와 허벅지에서 피를 줄줄 흘리고 흥분해 날뛰는 두목 고블린 주위에서 물러나는 고블린. 하지만 이번에도 한 녀석의 창을 지정해 놈에게 끌고 갔다.

그러나 두 번이나 당했던 터라 그것을 가볍게 피해내며 물러선 두목 고블린.

"크르르르르."

갑작스런 상황에 당황한 창 든 고블린이 자신은 아니라는 듯 항변하며 뭐라고 소리를 질렀다. 하지만 두목 고블린은 눈이 뒤집혀 그런 것을 받아들일 생각이 없는 눈치였다.

그러자 곧바로 창을 내던지고 달아나려 했지만 다른 고블린들에게 붙잡혔다.

"꾸에에에엑!"

다른 녀석들과 마찬가지로 두목 고블린의 손에 목숨을 달리하고 말았다.

그런데 문제는 이게 끝이 아니라는 것.

생각보다 마나 소모가 적은 방법이었고, 기본적으로 마나가 조금씩 차오르고 있었으니 서두르지만 않는다면 계속 사용이 가능했다.

아무튼 이 황당한 사건이 반복되다보니 어느새 두목 고블린 주위에는 두 마리밖에 남지 않게 되었다.

두 마리도 이젠 분위기가 심각해지자 두려운 표정을 지으며 두목 고블린의 주위에서 물러서 있었다. 그리고 가지고 있던 무기마저 바닥에 내려놓은 상태.

잘못하다간 다른 놈들처럼 순식간에 사지가 뽑혀 나갈지도 모른다.

하지만 두목 고블린은 뭔가 이상함을 느꼈는지 눈빛이 날카로워졌다.

그리고는 사방을 살피기 시작했다.

'쳇, 여기까진가? 그래도 많이 제거했다.'

그렇게 생각한 유정상이 마지막이라는 생각에 곁에 있던 한 놈을 커서로 붙잡아 들어 올리고는 두목 고블린에게 던졌다.

그러자 잔뜩 흥분한 녀석이 자신에게 날아오는 고블린을 붙잡아 곁에 있던 바위에 던져버렸다.

쿵!

콰지직!

"꾸엑!"

숨 돌릴 틈을 주지 않고 남은 녀석도 놈에게 던져버리자
그 고블린마저 붙잡아 돌바닥에 패대기 쳐버렸다.

퍽!

빠각!

"꾸오옷!"

결국 남은 두 마리의 부하마저 제 손으로 모두 죽여 버린
두목 고블린.

머리가 좋은 놈이긴 했지만 쉽게 흥분한다는 걸 이용해
결국 곁가지는 모두 쳐내 버린 것이다.

하지만 진짜 싸움은 지금부터다.

놈도 어떤 방법을 사용한 것인지 유정상의 위치를 파악
해 버렸다.

두목 고블린이 커다란 몸을 이끌고는 빠르게 유정상이
몸을 숨긴 장소로 달려오기 시작했다.

하지만 침착하게 커서를 놈의 다리에 가져가서 빠르게
옆으로 끌어버리자 놈이 바닥에 쿵하고 엎어지고 말았다.

곧이어 곁에 있던 돌덩이 한 개를 들어 올려 놈의 머리에
떨어뜨렸다.

쿵!

"크엑!"

다시 한 개의 돌덩이를 더 들어 올려 놈에게 떨어뜨리려 했지만 금세 마나가 다 소모돼 버린 탓에 땅에 떨어져 버렸다.

쿵!

하지만 놈은 신음소리를 내고 있을 뿐 아직 죽지 않았다.

지금 당장 숨을 끊어놔야 한다는 생각에 유정상이 지옥 늑대의 뼈로 만들어진 검을 들고 놈에게 달려갔다.

그런데 그 순간 놈이 대가리를 번쩍 치켜들었다.

"헛!"

놈의 표정이 미묘하게 변했는데 어쩐지 미소를 지어보이는 것처럼 보였다.

'속았다!'

그렇게 생각하며 달리던 속도를 줄이려던 순간 놈이 자신의 오른손을 뻗었다.

"컥!"

보이지 않는 힘이 유정상의 목을 틀어쥐자 숨이 막혔다.

그것을 확인한 두목 고블린이 캘캘거리며 엎드린 채로 근처에 있던 커다란 돌덩이를 들어 올렸다. 그리고는 그것을 유정상에게 힘껏 던졌다.

'젠장, 커서의 마나가 부족해.'

커다란 돌이 날아오는 것을 보며 눈동자가 절망으로 물들었다.

그런데 그때였다.

"비켜! 병신!"

"크악!"

갑자기 유정상의 오른쪽 어깨에 강한 힘이 작렬했다.

그리고 그 충격으로 튕겨나간 덕분에 두목 고블린이 던진 돌덩이가 그의 곁을 지나쳐갔다.

콰아앙!

뒤쪽에 있던 커다란 나무가 박살나며 모로 쓰러지기 시작했다.

쿠웅!

충격에 튕겨나간 유정상이 바닥을 구르며 그 광경을 본후 곧바로 자신에게 충격을 가했던 그 목소리 쪽으로 고개를 돌렸다.

그곳에는 검은 옷을 입은 사람이 발을 거두어들이고 있었다.

방금 받은 충격은 아마도 발길질이었던 것 같았다.

발에 차이고도 고맙다고 해야 할 이상한 상황인 것이다.

그런데 그 검은 옷의 사람이 빠르게 움직이며 두목 고블린을 향해 달려들었다. 은색으로 번쩍이는 검이 빠른 속도로 휘둘러졌다.

하지만 쓰러져있던 고블린의 벌떡 몸을 일으키더니 그것을 손바닥으로 쳐내버렸다.

따앙!

그 힘을 주체하지 못한 인영이 뒤로 튕겨나가 버렸지만 곧바로 자세를 잡는다.

"제, 젠장!"

놀랍게도 그 인영의 주인은 인간 여자였다.

과거 헌터들이 주로 입던 타이트한 검은 가죽옷을 입은 탓에 몸의 굴곡이 잘 드러나 있어서 머리가 짧았음에도 여자라는 건 금방 알 수 있었다.

하지만, 많은 고초가 있었던지 가죽옷은 이곳저곳이 마구 찢겨져 있었다.

그러나 유정상은 그런 것보다 이곳에 다른 사람이 있다는 사실에 무척이나 놀라고 있었다.

여자 헌터가 다시 검을 고쳐 잡으며 자세를 잡았고, 머리에서 피를 줄줄 흘리던 두목 고블린이 그녀에게 달려들었다.

파앙!

"꺄악!"

놈의 주먹을 검으로 받아쳤지만 이번에도 힘없이 튕겨나가버렸다.

여자가 재빠르게 자세를 잡고 다시 달려들었지만 놈의 압도적인 힘에 맥을 못 추며 연신 뒤로 튕겨져 나가고 있었다.

유정상은 재빨리 인벤토리를 열어 파란 물약, 즉 마나 포션 하나를 사용하자 바닥을 드러내던 그의 푸른 막대기가 빠르게 차올랐다.

그것을 확인하자마자 곧바로 커서를 들어 놈의 몸을 붙들었다.

"크엑!"

여자에게 달려들던 놈이 갑자기 움직임을 봉쇄당하자 주춤거린다.

마나의 에너지가 빠르게 닳기 시작했다.

"지금이야! 칼로 끝내버려!"

유정상이 여자에게 외치자 흐트러진 자세의 여자가 고개를 들어 두목 고블린의 상태를 확인하더니 빠르게 달려들어 곧바로 검을 앞으로 쭉 뻗었다.

푸욱!

"쿠오오오오오!"

"제길!"

여자의 미간이 찌푸려졌다.

심장을 향해 찌르려했으나 두목 고블린이 강하게 발버둥 친 덕분에 검이 빗나가 버렸다.

덕분에 어이없게도 배에 박혀버린 것이다.

게다가 그 거친 움직임 때문에 여자 헌터는 검을 놓치고 말았다.

엎친 데 덮친 격으로 놈의 강한 힘에 의해 유정상의 마나 에너지도 순식간에 고갈되며, 놈에게 걸었던 봉쇄도 동시에 풀려버렸다.

"크아아아아!"

갑자기 봉쇄에서 풀려난 두목 고블린이 흥분해 양팔을 사방으로 휘저으며 포효했다.

그리고 자신의 봉쇄가 풀리자마자 배에 꽂혀있는 검을 뽑아내더니 바닥에 내동댕이 쳐버렸다.

순식간에 검을 잃어버린 여자가 공포에 질린 얼굴을 하고는 뒤로 물러섰다.

전신에 피를 줄줄 흘리던 두목 고블린의 눈이 충혈 되며 이를 드러내고는 다시 포효했다.

"크아아아아!"

놈이 포효하며 다시 여자에게 다가갔다.

크기가 오크전사에 버금가는 녀석이라 그 위압감은 상당했다.

콰르르르르.

다시 땅이 울리자 모두가 균형을 잃고 비틀거렸다.

점점 그 울림의 강도가 지나칠 정도로 강해지고 있는 게 아무래도 대지진이 얼마 남지 않은 게 분명했다.

하지만 두목 고블린은 그런 상황에도 집요하게 여자에게 다가서고 있었다.

'시간이 없다. 서둘러야 해.'

상황이 상황인지라 여자도 이젠 힘들다고 생각했는지 표정이 절망적이었다.

그러나 유정상은 포기할 수 없었다.

기적적으로 과거로 돌아왔고, 덕분에 모든 것을 다시 시작할 수 있는 기회가 생겼다. 그런데 저런 못생긴 몬스터로 인해 그것을 몽땅 잃을 수는 없는 일이 아닌가?

그리고 눈앞에서 인간이 몬스터에게 죽는 꼴을 볼 수도 없었다.

"개 같은 뚱땡이 괴물 자식아!"

온 사력을 다해 분노성이 담긴 소리를 질렀다.

그런데 그때.

유정상의 눈이 붉게 변하기 시작했다.

그리고 유정상의 눈앞에 있던 생명력의 붉은 바가 줄어들기 시작했다. 그와 동시에 마나에너지가 늘어나기 시작했다.

[생명력을 마나량으로 등가교환합니다.]

갑작스럽게 들려온 안내 음.

그것을 확인한 유정상이 빠르게 커서를 움직여 바닥에 떨어진 여자의 검을 들어올렸다. 그리고는 놈의 아래쪽 똥꼬에 박아버렸다.

푸슉!

"키에에에엑!"

항문에서 올라오는 끔찍한 고통에 두목 고블린의 눈알이 뒤집힌다.

놈이 비명을 지르면서도 필사적으로 엉덩이에 꽂힌 검을 뽑으려 했다. 그러나 유정상은 남은 마나를 폭발시키며 더욱 커서에 힘을 주어 콱 밀어 넣으며 소리를 질렀다.

"으아아아아! 죽어버려!"

"꾸에에에엑!"

검이 놈의 몸속으로 천천히 파고들자 비명을 지르며 무릎을 꿇는다.

쿵.

"꾸에에에에에엑!"

"으아아아아!"

마나에서 스파크가 일었다.

생명력과 맞바꾼 마나라 그런지 쉽게 줄어들지 않았다.

"끄웨에에에에엑!"

녀석의 비명소리에도 유정상은 가차 없이 검을 위로 끌어올렸다.

칼의 손잡이가 엉덩이 쪽에서 모습을 감추었다.

그와 동시에 놈의 몸속에서 끔찍스런 소리가 터져 나왔다.

우두두두둑.

푸슉. 푸슉.

"꾸오오오오오!"

잠시 후 칼끝이 놈의 머리에 툭 튀어나왔다.

퍽!

"컥! 컥!"

칼이 목을 뚫고 지나간 덕분에 더 이상 제대로 소리를 지르지 못하게 되자 컥컥 거리다 눈을 까뒤집더니 앞으로 꼬꾸라져 버렸다.

쿠웅!

그것을 확인한 여자는 다리가 풀렸는지 그 자리에 주저앉고 말았다.

[레벨이 올랐습니다.]

두목 고블린이 사망함과 동시에 레벨이 4가 되었다.

"하아. 하아."

갑자기 온몸에서 에너지가 몽땅 빠져나가버린 것 같은 기분에 양팔을 아래로 늘어뜨린 채 숨을 헐떡거리던 유정상도 그 자리에 쓰러지듯 엎어졌다.

철푸덕.

"헉. 헉."

쓰러진 채로 가쁜 숨을 몰아쉬고 있었지만 전신에서 에너지가 몽땅 빠져나가버린 것처럼 일어설 기운이 없었다.

그렇게 쓰러져 있는 동안에도 땅의 진동은 계속되고 있었다.

쿠르르르르.

유정상은 땅의 진동 때문에 머리까지 울릴 정도라 힘겹게 몸을 일으키려 했지만 힘이 부족해 일어나지 못하고 있었다. 그 동안 여자는 서둘러 두목 고블린의 사체 주변을 살피고 있었다.

유정상은 서둘러 인벤토리를 열었다.

마지막에 실시한 생명력의 소진이 몸에 큰 무리를 준 걸로 판단되었다. 그리고 실제로 눈에 보이는 붉은 바의 에너지량이 30%정도밖에 남지 않았음을 확인했다.

인벤토리에 하나 남은 붉은 포션을 자신의 몸에 가져갔다.

"……!"

전신에 퍼져나가는 에너지의 느낌.

서서히 활력이 솟는 느낌과 동시에 정신이 돌아오기 시작했다.

그때 여자는 뭔가 잘못되었던 것인지 흥분하고 있었다.

"어, 어째서!"

"……."

쓰러진 채로 고개를 돌려 여자 쪽을 바라보던 유정상이 영문을 알 수 없다는 표정으로 바라보았다.

상황을 쉽게 이해하지 못한 그가 다시 몸을 힘들게 일으키며 물었다.

"왜 그럽니까?"

"없어요!"

"네?"

"없다구요!"

"뭘 말하는 겁니까?"

"귀환석이 없다니까요!"

"귀환석?"

두목 고블린이 던전 보스인 이상 놈이 죽었다면 사체 근처에 귀환석이 나와야 한다. 그런데 그 귀환석이 보이지 않으니 기가 막힌 것이다.

고블린의 사체 근처에 포션이나 기타 아이템들이 잔뜩 떨어져 있긴 했다. 하지만, 그 사이에 은색의 회오리 문양이 새겨진 귀환석은 보이지 않았다.

물론 이 아이템들이 여자에게는 보이지 않는 것 같았다.

"아무래도 아래로 떨어져버린 것 같아요."

"아래라니."

"저기."

여자가 두목 고블린의 사체 근처로 손가락을 가리켰다.

"……!"

그곳을 본 유정상의 눈이 커지고 말았다.

사체 옆에 그녀의 말처럼 땅이 갈라져 있었다.

서둘러 그곳으로 다가가 틈 아래를 내려다보았지만 틈이 좁고 그 깊이를 알 수 없는 상황. 거기다 아래에서 미세하게나마 열기까지 느껴지는 걸로 봐서는 마그마가 있는 것 같다.

"젠장!"

유정상 역시도 완전히 끝장이라는 생각에 머리가 텅 비는 느낌이었다. 하지만 그런 와중에도 두목 고블린 사체 주위에 떨어져 있던 물건들을 커서로 클릭하는 건 잊지 않았다.

아무래도 정신이 없는 상황이라 무엇인지는 제대로 확인하지는 않았다.

하지만 그런 사정을 모르는 여자는 그런 그의 모습을 잠시 바라보다 자리에 털썩 주저앉아버렸다.

"이젠 정말 끝이군요. 오크 전사의 사체에 귀환석이 있을 리도 없을 테니."

그녀의 말에 순간 무언가 떠오른 유정상이 고개를 번쩍 치켜들었다.

"오크 전사? 혹시!"

"네?"

갑자기 유정상이 주변을 두리번거리다 고블린들의 제단 쪽을 확인하고는 그곳으로 급하게 달려갔다.

영문을 알지 못했지만 여자도 유정상을 따라나섰다.

그리고 제단 앞에 다다르자마자 오크 전사의 사체 주변을 살피기 시작했다.

"뭘 찾는 거죠?"

"여기서 나갈 수 있게 만들어 줄 물건."

"그게 뭐죠?"

"발견한다면 알게 되겠죠. 나도 그 이상은 모르지만."

"……?"

유정상의 이야기를 이해하지 못한 그녀였지만 나갈 수 있는 희망이 생겼다는 생각에 서둘러 뭔가를 찾기 시작했다. 물론 그것이 무엇인지는 알 수 없었지만.

그리고는 곧이어 호두크기의 동그랗게 생긴 열매 같은 것이 눈에 띄었다.

"처음 보는 열매네."

하지만, 자신들이 찾던 그런 종류의 아이템은 아니라 생각해 여자가 그것을 발로 툭 치워버렸다.

그리고 그것이 갈라진 바닥 쪽으로 굴러갔다.

무심결에 여자가 한 말에 유정상이 깜짝하며 반응하더니 급하게 다가와 열매가 갈라진 틈으로 떨어지기 직전에 낚아챘다.

그리고 그것을 확인하더니 인상을 확 일그러뜨렸다.

"뭐하는 겁니까?"

"네?"

"확인도 하지 않고 그냥 발로 차면 어떡해요? 이것마저 없애버릴 참이에요?"

"무, 무슨?"

"젠장. 이거 하늘콩이라고. 하늘콩. 몰라요?"

"하늘콩?"

유정상이 버럭 하며 소리쳤지만 그녀는 '하늘콩'이라는 것을 전혀 알지 못하는 눈치였다.

그 모습을 보고 유정상도 '아차' 하는 생각이 들었다.

하늘콩의 존재가 세간에 알려지는 건 앞으로 10년도 더 지난 후에야 일어날 일.

조급함에 버럭한 것이 조금 미안해졌다. 그러나 지금은 그런 것을 따질 겨를이 없다.

쿠르르르르르.

콰아아앙.

또다시 땅이 흔들렸다.

이번에는 뭔가 폭발하는 소리도 간헐적으로 사방에서 들려왔다.

숲에선 몬스터들이 사방으로 날뛰며 도망가는 모습도 보인다.

먼 곳에 있던 커다란 바위가 쩍하고 갈라지며 아래로 내려앉는 모습도 보였다.

그야말로 지각변동이 시작된 것이다.

"이젠 모두 끝났어요."

여자가 절망 어린 목소리로 머리를 밑으로 깔며 말했다. 그러나 유정상은 덤덤한 표정으로 이야기했다.

"아니, 끝나지 않았어. 하늘콩이 있으니까."

"네? 그게 무슨 말이죠? 하늘콩이 도대체 뭔데 그래요?"

하지만 유정상은 그녀의 질문에 대답하지 않고 곧바로 콩을 들고 그것에 마나를 주입했다.

그렇게 하늘콩에서 빛이 일다 곧 사그라지고 말았다.

"젠장."

"왜 그러죠?"

"이거 받아요."

"네?"

얼떨결에 유정상이 내민 하늘콩을 받아든 여자.

그러나 무슨 상황인지 이해하지 못하고 있다.

"빨리 마나 주입해요. 난 마나가 바닥나서 안 되니까."

"아, 네."

귀환석과 같은 방법으로 마나를 주입하니 곧바로 하늘콩
이 녹색 빛을 뿜었다.

"바닥으로 던져."

"네?"

"빨리!"

"아, 네."

유정상이 재차 다그치자 그녀는 화들짝 놀라더니 서둘러
바닥에 던져버렸다.

그리고 녹색 빛을 뿜던 콩이 다시 빛을 집어삼키더니 곧
바로 땅속으로 빨려 들어가듯 사라졌다.

그 모습을 얼떨떨한 표정으로 바라보던 여자를 잡아끌고
는 콩이 빨려 들어간 자리로 이동했다. 그러자 여자가 화들
짝 놀랐다.

"왜, 왜 그러는 거죠?"

"빨리 이리로 와요. 설명할 시간 없으니까 빨리."

유정상의 다그침에 기가 눌린 여자가 얼떨결에 그의 옆에 섰다. 그런데 그때 땅속이 울리는 듯 떨어댄다.

쿠르르르르.

"이, 이거 뭐죠?"

"가만히 있어 봐요."

"하지만."

"거참, 던전을 빠져 나가기 싫은 겁니까?"

그 말에 여자가 놀란 표정으로 입을 다물었다.

절대로 불가능할 것이라고 생각하며 포기하고 있었는데 남자의 입에서 생각지도 못한 이야기가 튀어나오니 놀라지 않을 수 없었던 것이다.

쿠르르르르.

그 순간 근처의 땅들이 무너져 내리기 시작했다. 인근에 있던 대부분의 바위들이나 나무들도 바닥이 내려앉으며 땅속으로 사라져갔다.

이런 절망의 순간에 남자가 던전 탈출이라는 말도 안 되는 소리를 했지만, 이 순간만큼은 절대적으로 믿고만 싶었다.

드르르르르.

그 순간 두 사람이 서 있던 땅 밑에서 강한 울림이 울렸고 뭔가가 땅을 뚫고 올라오기 시작했다.

사람 몸통 정도 두께의 나무줄기가 베베 꼬이며 위로 올라가는 데 그 곁에서 줄기가 자라나기 시작했다. 그리고 덩달아 그 줄기에 입사귀가 생성되며 점점 커지기 시작했다.

"지금이야. 잎사귀 줄기를 붙들어요!"

"네?"

"빨리!"

유정상의 외침에 놀란 여자가 황당한 얼굴로 그 잎사귀의 줄기를 온몸으로 꽉 붙들었다.

그러자 곧바로 커다란 폭발음이 발아래에서 터져 나왔다.

콰아아아앙!

"우왓!"

"꺄아악!"

순간 두 사람의 몸이 줄기와 함께 공중으로 치솟기 시작했다.

엄청난 풍압이 두 사람의 전신을 때리며 엄청난 속도로 하늘로 솟아 오른 것이다.

쿠아아아아.

"꺄아아아악!"

여자가 양팔로 줄기를 꽉 붙든 채로 고래고래 비명을 질렀다.

엄청난 풍압에 하마터면 손을 놓칠 뻔 했지만 본능적으로 떨어지지 않기 위해 꽉 붙들었다.

슈아아아아아.

여자가 풍압에 눈을 질끈 감았다가 실눈을 떴다.

푸른 하늘의 모습.

그 사이로 떠있는 구름들이 빠르게 다가온다.

눈동자를 살짝 돌리자 나무의 윗부분이 좌우로 지그재그로 움직이며 하늘을 향해 솟아오르는 모습이 보였는데 실로 놀라운 속도였다.

엄청난 바람이 두 사람을 두들겼고, 그 덕에 정신이 혼미해지는 것 같았다.

"조금만 참아요!"

"……!"

여자의 마음을 알았던 것인지 유정상이 외치는 소리가 들려오자 그녀가 이를 콱 물며 버렸다.

그리고 뭔가 하늘에 검은 구멍이 보였다.

'아.'

검은 구멍의 정체가 뭔지를 깨달았다고 생각하던 찰나, 어느새 두 사람은 검은 구멍 속으로 빨려 들어가고 있었다.

커서 마스터
Cursor Master

2. 새로운 인생의 시작

커서 마스터

Cursor Master

2. 새로운 인생의 시작

팟!

검은 홀에 도달하자 그 끝에 빛이 비치는가 싶더니 어느새 바깥이었다.

"엇!"

홀이 위쪽에 배치되어 있었기 때문에 위로 솟구치던 상황이었다. 그런데 바깥으로 나오니 출구가 세워져 있다. 그 덕에 중력의 방향이 갑자기 바뀌어버려 튀어나오다 바닥으로 떨어져 버렸다.

"꺄악!"

"우왁!"

두 사람이 바닥을 데굴데굴 굴렀다.

그리고 잠시 동안 그렇게 쓰러져 있던 여자가 몸을 일으켰다.

두통과 멀미로 인해 머리가 지끈거린 여자가 미간을 잔뜩 찌푸리며 두 손으로 머리를 감쌌다.

"아, 머리 아퍼."

한동안 그렇게 머리를 부여잡고 있다가 서서히 두통이 사라지자 잔뜩 일그러졌던 표정이 풀어졌다. 그리고 곧바로 사방을 살폈다.

"아."

바닥에 쓰러져 있는 유정상을 발견한 여자가 서둘러 그에게 다가갔다.

"이봐요! 괜찮아요?"

"끄응."

여자가 흔들자 곧바로 정신을 차린 유정상이 몸을 일으켰다.

그리고 주변을 둘러보더니 이내 다행이라는 표정을 지어 보이며 안도의 한숨을 내쉰다.

"아, 다행이다. 돌아왔구나."

"……."

던전 안에서는 그렇게 자신하더니 스스로도 긴가민가했다는 말이 아닌가?

그런 남자를 보니 순간적으로 화가 나 한 대 쥐어박고 싶은 욕망이 피어올랐다.

하지만, 어찌되었건 덕분에 살아났지 않았던가?

여자는 그냥 참기로 하며 한숨을 푹 쉬고는 주변 온도가 낮다는 사실을 깨닫고 숲으로 들어갔다. 그리고 금세 무언가를 들고 나왔다.

그리고는 유정상 쪽으로 다가오더니 불쑥 내밀었다.

"여기 받아요."

그것은 담요와 생수였다.

아마도 던전에 들어가기 전에 숨겨둔 물건 같았다.

나오자마자 온도가 급격히 떨어진 탓에 몸이 떨려오고 있었던 유정상이 그것을 받아들고는 급히 몸을 감싸고 나서 곧바로 갈증에 음료수를 들이켰다.

온종일 아무것도 먹지 못했고, 더운 곳이었기 때문에 계속 갈증이 지독한 상태였으니 차갑다는 사실따위는 상관없이 입에 마구 들이켰다.

벌컥. 벌컥.

그 모습을 보던 여자가 쓴웃음을 지었다. 그리고 자신도 생수의 뚜껑을 따면서 말했다.

"나흘 만이에요."

"네?"

"나흘 만에 던전을 빠져 나왔어요."

"나흘 만이라니."

유정상은 여자의 말에 놀랐다. 얼마 되지도 않는 시간 동안 살아남기 위해 얼마나 많은 위험에 노출되었던가. 그런데 그런 곳에서 이 여자는 4일이나 버텨냈다니 놀라지 않을 수 없었다.

그리고 여자가 중얼거렸다.

"살아남을 수 없을 거라고 생각했는데."

"……."

그런데 그때 그들이 나왔던 검은 출구에서 스파크가 일기 시작했다.

"물러서요."

"네?"

"안 그러면 다칠지도 몰라요."

그렇게 말하며 유정상이 던전 게이트에서 멀어지자 여자도 그를 따라 멀어졌다.

빠지지직.

전기 스파크가 점점 거세지더니 중앙 부위에 검은색 회오리가 생겼다.

우우우우웅.

파팟!

번쩍 하며 강한 스파크와 함께 순식간에 던전 게이트가 사라져 버렸다.

그 모습을 본 여자가 놀란 표정을 지었으나 유정상은 이미 이런 경험이 몇 번 있었던 탓에 별로 놀라지는 않았다.

그리고 잠시 시간이 흐르고 난 뒤 여자가 물었다.

"당신은 어떻게 이런 것들을 잘 알고 있는 거죠? 나이도 젊어 보이는데."

원래라면 결코 어린 나이는 아니었다. 비록 몸은 젊긴 하지만.

"뭐, 덕후쯤으로 해둡시다."

실제로 이런 것들도 파고들어가는 덕후들이 존재하고 있으니 이상할 것은 없다. 다만 덕후들 중에 각성자는 거의 없는 편이었고, 그나마 이렇게 노련하고 강한 인간은 더더욱 없을 것이다.

하지만 본인 입으로 저렇게 말한 이상 더 묻기도 이상해서 관두었다.

곧바로 여자는 아까 들어갔던 숲을 살피더니 나무가 잔뜩 쌓여 있는 곳으로 들어갔다. 그리고 그것들을 하나둘 걸어내고는 뭔가를 주섬주섬 꺼내기 시작했다.

무슨 상황인지 이해하지 못한 유정상이 그녀를 바라보고 있는데 갑자기 검은 가죽옷을 벗기 시작했다.

"엇!"

깜짝 놀란 유정상이 몸을 돌렸다.

설마하니 여자가 남자인 자신이 있는데도 불구하고 옷을 훌렁훌렁 벗어 버릴 것이라고는 상상도 못한 덕분에 더 놀랐다. 거기다 지금 겨울 날씨임에도 저렇게 속옷차림으로 산속에서 자연스럽게 옷을 갈아입을 수 있다는 것 자체가 놀라운 일이었다.

물론 레벨이 높은 각성자라면 이정도 추위야 큰 문제는 아닐 테지만 말이다.

어쨌거나 그렇게 고개를 돌린 채로 뻘쭘하게 서 있던 유정상이 담요를 접어 아래에 내려놓고는 곧바로 산 아래로 내려가기 시작했다.

사실 이곳에 볼일이 더 이상 없었으니 당연한 일이었다.

그런데 잠시 후 뒤쪽에서 그를 부르는 소리가 들려왔다.

"이봐요."

그 말에 걸음을 멈춘 유정상이 뒤돌아섰다.

어느새 옷을 다 갈아입은 여자가 몇 개의 가방을 든 채로 다가와 있었다.

"당신은 어디 소속이죠?"

"네?"

"어디 소속이냐구요. 혼자 이곳에 들어오진 않았을 거 아니에요."

"혼잔데요. 소속 따윈 없구요."

"네?"

"혼자 왔다구요."

"말도 안 돼."

여자가 놀란 표정으로 입을 떡하니 벌렸다.

아무리 노련한 헌터라도 던전을 혼자 공략할 사람은 거의 없다. 물론 상위 헌터들이라면 혼자라도 가능하겠지만, 애초에 그런 사람들이 이런 낮은 등급의 던전에 들어갈 리가 없다.

물론 자신과 목적이 같다면 모르겠지만, 탈출 때 모습을 봐서는 별로 그런 것 같아 보이지도 않았다.

　그런데 여자의 질문에 유정상이 이상하다는 듯 고개를 갸웃거리며 되물었다.

　"당신도 혼자처럼 보이는데 아닙니까?"

　"아니에요."

　"그럼……."

　"여기."

　그렇게 말하며 가방을 들어 보인다. 여러 개의 가방을 보여주자 유정상이 그것을 내려다보았다.

　"헌터 7명과 일꾼 10명, 모두 17명이 던전에 들어갔지만, 목숨을 건진 건 저 뿐이에요."

　"아."

　하지만 동료를 잃은 여자의 얼굴치고는 그저 덤덤해 보였다.

　"이 가방들은 길드로 가져가 유족들에게 전해줄 거에요."

　"그렇습니까?"

　하지만 어차피 자신과는 관계없는 일이다.

　그렇게 대답한 유정상이 다시 몸을 돌리려하자 그녀가 다시 불러 세웠다.

　"저기, 당신 정말 혼자 맞아요? 던전을 홀로 공략하려 했던 거에요?"

"공략이고 뭐고, 애초에 원해서 들어간 것도 아닌데요."

"네?"

"그냥 얼떨결에 딸려 들어간 터라."

"딸려 들어가다니, 던전이 당신을 빨아들이기라도 했다는 건가요?"

"뭐, 그렇게 되었습니다."

"네?"

말도 안 된다는 표정의 여자.

본인의 의지가 아닌 던전에게 끌려간 사례는 아직 들어본 일도 없었다.

하지만 그런 건 별로 중요하지 않다.

"어쨌든 당신은 흔하지 않은 염동력의 능력을 가졌군요."

유정상이 마지막에 그녀의 검으로 두목 고블린을 죽인 것을 보고는 그렇게 생각한 모양이었다.

"뭐, 그렇지요."

"흔하지 않은 능력에다가 실력도 엄청난데 그런 능력자가 소속이 없다니."

"각성한 지 얼마 되지 않았거든요."

유정상 본인 말대로 각성한 지 얼마 되지 않았다. 던전에 들어가서 각성했고, 각성한 것도 서너 시간 정도 시간이 흘렀을 뿐이다.

어쨌든 여자는 수긍한다는 표정으로 고개를 끄덕였다.

그녀 생각에 아마도 그의 말대로라면 각성한 지 1, 2년 정도 되었을 것이다.

던전이 열린 게 오래되지 않았기 때문에 아직 모습을 드러내지 않은 각성자도 많았으니 그리 이상한 일도 아니었다.

하지만 그렇다고 생각해도 굉장히 강한 능력이었고, 짧은 경력에 비해 노련해 보였으니 좀 의아하긴 했다.

하지만 의문이 생긴다고 무턱대고 따질 수도 없는 일이 아닌가.

"더 이상 용건이 없다면 가보겠습니다."

정말 귀찮은 여자라고 생각하며 유정상이 몸을 돌리자 다시 그녀가 서둘러 물었다.

"혹시 6급 헌터인가요?"

"6급?"

"아닌가요?"

"잘은 모르지만 아마 그 정도는 아닐 겁니다."

본인의 등급을 정확히 모르는걸 보면 공식적으로 헌터로 등록한 사람은 아니라는 뜻이다. 물론 그의 맞다면 말이다.

"당신이 발휘한 염동력은 확실히 대단했어요. 질긴 가죽의 두목 고블린을 그렇게 간단히 뚫어버렸잖아요."

"아, 뭐. 운이 좋았나 보죠."

"운이라고요?"

말도 안 되는 소리다. 운으로 그런 엄청난 가죽이 뚫릴 리 없지 않은가.

그런데 눈치를 보니 남자의 표정이 좋지 않았다. 귀찮아 하고 있는 게 분명했다.

서둘러 본론을 이야기해야만 했다.

"그러고 보니 소개가 늦었군요. 전 골드피닉스 길드 대표 박설화라고 해요. 혹시 당신 이름을 알려주실 수 있나요?"

"네?"

유정상은 갑작스러운 여자의 말에 잠시 머뭇거리다 곧 피식 웃고는 이름을 알려주었다.

뭐 대단한 인물이라고 그걸 숨기겠는가?

그런데 덩달아 전화번호까지 물어보니 얼떨결에 대답해 버렸다.

일종의 반사신경처럼 나온 말이라 아차 싶기는 했지만 하는 수 없는 일이었다.

그런데 그때 문득 떠오른 생각.

'가만, 골드피닉스라고?'

골드피닉스.

유정상이 살던 26년 후엔 명실상부한 대한민국 최고의 길드 톱10 중 하나였다.

물론 과거인 지금에야 그저 조금 알려진 정도의 중소길 드에 지나지 않을 테지만 말이다.

'가만, 골드피닉스의 대표는 남자인데?'

유정상의 기억에도 박 씨였던 걸로 기억하지만 이름은 잘 생각나지 않았다.

하지만, 골드피닉스의 대표가 셋째였었고, 위에 형과 누나가 사망했었다는 이야기는 어렴풋이 기억이 났다.

'어쩌면, 원래 이 여자 던전에서 죽었어야 할 팔자였는데 내가 살린 건지도.'

과거로 왔다는 사실만 생각하다가 뭔가 자신으로 인해 과거가 달라지고 있다는 것을 인식하고는 소름 돋는 기분이 들었다.

그런데 여자, 아니 박설화가 예상치 못한 말을 했다.

"당신을 우리 길드에 스카웃하고 싶어요."

"스카웃?"

"그래요. 우리 길드엔 당신 같은 사람이 필요해요."

당차게 말하는 박설화.

그녀는 눈앞에 있는 사내가 길드의 미래를 위해 꼭 필요하다는 것을 확신하고 있었다.

그도 그럴 것이 그녀의 길드인 골드피닉스의 경우, 현재 여러 신생 길드와의 경쟁이 치열한 상황이었다.

그러던 중, 골드피닉스의 전 대표였던 그녀의 오빠 박기철이 4성급 던전 공략 도중 사망하는 일이 발생해 버렸다.

그 후 그녀가 대표직을 맡게 되었고, 그것에 불만을 가진 중역들과 내분이 생겼다.

그 때문에 최근 들어 팀 중심 헌터들이 다른 길드로 빠져나가기 시작했다. 그래서 길드 사정이 갈수록 악화되고 있었다.

그래서 그녀는 그런 상황을 바꿔보고자 고심하던 중에 새로운 던전이 발견되었다는 정보를 듣게 되었다.

대략적으로 2성급 정도의 던전이라는 사실을 보고 받았다.

보통 때였다면 그 정도에 반응할리 없었을 테지만, 몇몇의 던전 탐색가들에게 의뢰를 넣었던 결과 그곳에서 '에메랄드 마나석'이 있다는 정보를 얻었다.

에메랄드 마나석.

일명 '보랏빛 회오리'라 불리는 그것은 가격을 매길 수 없는 가치의 물건으로 엄청난 마나 에너지를 머금고 있는 것으로 알려져 있었다.

그것에 담긴 마나를 정제해 자신 같은 7급 헌터들에게 주입하게 되면 단숨에 5급 헌터의 마나량을 얻을 수 있게 된다. 물론 몸에 자리 잡기까지 서너 달의 시간이 걸릴 테지만, 그렇다고 하더라도 엄청난 기연과도 같은 이 물건을 포기할 수는 없는 일이었다.

만약 그녀가 그것을 얻게 되어 자신의 오빠처럼 5급의 헌터가 된다면 흔들리던 자신의 지위도 되찾을 수 있을 것이다. 그렇게 되면 길드도 안정화되며 더욱 발전할 것이 틀림없을 것이기 때문이었다.

하지만, 던전의 환경은 그들의 예상과 달리 2성급을 월등히 능가하는 몬스터들이 쉴 새 없이 등장했는데 더 큰 문제는 두목 고블린이 거느린 고블린 100여 마리였다.

팀원과 쉴 새 없는 전투로 반수 이상의 고블린을 처치했지만 두목 고블린의 개입으로 헌터들과 짐꾼들이 하나둘 사냥되기 시작하면서 모두 목적을 포기하고 탈출을 시도했다. 하지만 결국 실패하고 그녀 혼자만 운 좋게 살아남아 숨어있었던 것이다.

그녀는 그 사실을 떠올리며 자신의 가방에 들어 있는 '에메랄드 마나석'에 생각이 미쳤다.

유정상이 두목 고블린을 죽이고 잠시 쓰러져 있는 동안 박설화는 빠른 손놀림으로 두목 고블린의 목에 걸려 있던 '에메랄드 마나석'을 허리 주머니에 챙겨 넣었던 것이다.

박설화는 이런 자신의 이기적인 모습에 혐오감을 느끼고 있었다.

과정이야 좋지 못했지만 결국 목적한 것을 이루었다는 생각에 만족하고 있는 자신의 모습이 마음에 들지 않았다. 그러나 결국 자신은 5급 헌터로 각성해야만 한다.

그것을 발판 삼아 반드시 상위권 길드의 자리를 되찾아야한다.

그것이 골드피닉스의 대표로서 해야 할 일인 것이다.

'사사로운 감정은 내게 사치야.'

하지만, 그렇다고 하더라도 팀 중심인 헌터들을 6명이나 잃었다는 건 큰 충격이었다. 길드의 어려움을 타파하려고 시작한 일이 오히려 더 궁지에 몰리게 만들었다.

그래서 반드시 에메랄드 마나석이 필요했다.

자신을 구해준 남자를 속이면서까지 이것을 빼돌린 건 양심에 가책을 느끼고 있었다. 하지만, 모두의 목숨과 바꾼 아이템이다.

절대로 내어줄 수가 없다.

길드의 미래를 위해서도, 자신 때문에 희생된 팀원들을 위해서도 말이다.

어찌 되었건 남자에게 여러모로 빚을 지게 되었다는 사실은 변하지 않는다.

그리고 더불어 그가 욕심났다.

그의 노련함과 지식, 그리고 능력까지.

팀원들의 빈자리를 채울 수 있는 사람이라고 생각했다.

지금의 눈앞에 있는 사내는 팀원들이 모두 죽을 정도로 치열했던 던전에서 살아남았다. 거기다 두목 고블린과 더불어 남은 부하까지 모두 해치운 사람이 아닌가.

물론 그 과정을 지켜보지 못한 탓에 어떻게 한 것인지는 알 수 없지만 어쨌든 마지막에 발휘한 능력만으로도 충분히 6급 이상의 능력을 가지고 있을 것으로 판단하고 있었다.

물론 신체능력은 8급에도 미치지 못해 보이기는 했다. 하지만 정신력을 사용하는 능력자들은 대체적으로 신체

능력이 떨어진다는 것을 생각해보면 그리 이상한 것도 아니었다.

그런데 남자의 입에선 의외의 말이 튀어나왔다.

"제안은 고맙지만, 별로 관심은 없군요."

유정상의 경우엔 정말로 그녀의 제안에 관심이 없었다.

물론 예전의 자신이라면 당연히 좋아라 하고 받아들였을 것이 틀림없다. 아니, 던전에 들어가기 전이었다면 고민도 없이 넙죽 받아버렸을 것이다.

그러나 지금은 다르다.

유정상은 던전에서 커서의 엄청난 능력을 경험하고 말았다.

아직 제대로 파악하지도 못한 상태에서 일반인에 불과한 자신을 각성시켰고, 그것도 모자라 두목 고블린을 죽여 버리지 않았던가.

이쯤 되면 어딘가에 소속되어 자신을 구속하는 것 보다 커서의 능력이 어디까지인지 확인해보고 싶다는 마음이 더욱 강했다. 거기다 지금은 과거로 온 탓에 젊어지기까지 했으니 그리 서두를 이유도 없다.

"지금 당장 결정을 할 필요는 없어요."

박설화가 자신의 주머니에서 명함 한 장을 꺼내 유정상에게 내밀자 그것을 받아들었다.

"마음이 바뀌실 거라 믿어요. 지금은 아니더라도 말이죠."

"……."

"혹시 제 도움이 필요하시면 연락주세요. 제 목숨을 구해주신 분이시니 뭐라도 보상하고 싶군요."

"돈이라도 주겠다는 말입니까?"

"얼마를 원하시죠?"

그 질문에 유정상이 피식하고 웃었다.

"당신도 제 목숨을 구했으니, 피장파장. 보상 따윈 필요 없습니다."

박설화가 씁쓸한 얼굴로 웃었다.

차라리 돈을 요구했다면 마음이 편했을 것이다. 마음의 짐을 조금이라도 덜어내고 싶었으니 말이다.

물론 에메랄드 마나석의 가치는 돈으로 환산하기 어렵기는 했지만.

어쨌거나 그녀는 그런 내심은 숨긴 채 입을 열었다.

"그럼 연락 기다리죠. 아, 그리고 그런 모습으로 시내를 돌아다니면 잡혀갈지도 몰라요."

박설화의 말에 유정상이 자신의 모습을 살폈다.

확실히 그녀의 말대로 전신이 흙과 피로 잔뜩 엉망이 되어 있으니 산을 내려가면 사람들이 자신의 모습을 보고는 곧바로 경찰에게 연락을 해버릴지도 모를 일이었다.

"이걸로 갈아입어요."

그렇게 말하며 옷을 던져주었다.

같이 들어갔던 동료의 옷일 것이다.

그것을 받아들자 그녀가 여러 개의 가방을 다시 집어 들었다.

"꼭 다시 만나길 바랄게요."

박설화는 찬바람을 풀풀 날리며 먼저 산 아래로 내려갔다.

뭔가 냉정한 듯 하면서도 자신감이 넘치는 여자의 행동에 한참 멍하니 바라보다 피식하고 웃고 말았다.

"그나저나 어디로 사라져 버린 거지?"

주변을 둘러보며 미간을 찌푸린다.

분명 머리에서 분리된 것을 확인한 터라 주변에 떠 있지 않겠나 싶어 살폈지만 눈에 보이지 않았다.

"도대체 어디로 간 거야?"

이미 화살표, 아니 커서의 능력을 어느 정도 확인한 터라 이렇게 뜬금없이 사라져 버리면 곤란했다.

하지만 갑자기 머리에 박혔던 것처럼 이번에도 갑자기 사라진 게 아닌가 생각하고는 아쉬움에 머리를 벅벅 긁었다.

그런데.

"어?"

머리에서 느껴지는 익숙한 거슬림.

손을 더듬거려보고는 다시 뜨악해버렸다.

"또 박힌 거냐?"

황당하게도 머리에서 떨어져 나갔던 커서가 다시 같은 자리에 박혀있었다.

산에서 내려오고 나니 어느새 해가 저물고 있었다.

박설화가 던져준 옷을 입었지만 얼굴이나 머리는 아직 엉망이었기 때문에 내려오는 동안 인적이 드문 약수터에 들러 대충이라도 씻은 덕에 꼴은 봐줄만 했다.

그 상태에서 곧바로 집으로 향했다.

처음 계획은 그냥 가까운 병원에 들렀다가 집으로 돌아올 생각이었는데 예정에도 없던 던전 탐사로 시간이 늦어져 버린 것이다.

아직 머리에 박혀 있는 커서의 존재가 신경 쓰이기는 했지만, 특별히 불편한 점은 없어서 그냥 무시하기로 했다.

아니, 잊어버릴 걱정이 없으니 오히려 다행일수도 있다.

그리고 다시 던전에 들어간다면 머리에서 분리될지도 모른다.

계속 머리 위의 커서를 만지작거리며 걷다보니 어느새 자신이 살고 있는 아파트 단지로 들어서고 있었다.

잠시 후 엘리베이터를 타고 올라가 집 앞에 섰는데 곤란한 문제가 생겼다.

"비밀번호가 뭐였지?"

디지털 키로 되어 있는 문을 바라보며 고민에 잠겼다.

나올 땐 미처 생각하지 못했는데 집으로 돌아오니 예전에 이런 게 집에 달려있었다는 사실을 뒤늦게 깨달은 것이다.

"끄응."

과거로 오기 전, 자신의 원룸입구는 바이오 키로 되어있어 그냥 문 앞에 서면 생체인식으로 자동오픈이 되었기 때문에 깜빡해버린 것이다.

뒷머리를 벅벅 긁던 유정상이 결국 벨을 눌렀지만, 역시나 어머니도 누나도 집에 돌아오지 않은 것 같았다.

어쩌나하는 생각에 우왕좌왕하는데 누군가의 음성이 들렸다.

"집 앞에서 뭐해?"

"아."

누나였다.

23세 젊은 누나인 유정인이 바로 눈앞에 서있었다.

지금의 모습에선 도저히 현실에 찌들어 살아가는 미래의 모습을 상상하기 힘들 정도다.

그녀는 자신을 놀란 눈으로 바라보는 유정상의 모습이 이상한지 잠시 고개를 갸웃거렸다.

"아는 또 뭐야?"

"……."

"왜 그래? 무슨 일 있어?"

"아, 아니. 그냥."

"그런데 집에 들어가지 않고 뭐하는 거야?"

"그, 그게 뭘 좀 생각하느라."

"뭘 생각하기에 집 앞에서 그러는 거야. 집에 들어가자."

그렇게 말하며 그녀가 서둘러 비밀번호를 누른다.

삐삐삐삐.

띠로링.

능숙하게 비밀번호를 누르자 잠금장치가 해제되었다. 그
녀가 문을 열고 들어서자 그녀 뒤를 따라 들어갔다.

'아, 내 생일이 번호였구나.'

누나가 누르는 번호를 보고는 그제야 떠올린 것이다.

뭔가 짠 하는 기분.

그 시절에는 항상 집안의 모든 중심에 자신이 들어가 있
었던 것이다.

그때는 왜 이런 것들에 대해 생각하지 않았을까 싶은 마
음에 더욱 미안해졌다.

누나가 점퍼를 거실 옷걸이에 걸으며 유정상에게 말했다.

"어째 일찍 들어왔네?"

"뭐?"

"오늘 친구들이랑 약속 있어서 늦게 올지도 모른다며.
난 오늘 안 들어올 거라 생각했는데."

그 시절의 유정상은 집에 잘 붙어있지 않았었다.

늘 친구들과 어울리는 걸 즐기고 있었다. 과거의 그였다
면 오늘이 생일인 이상 그녀의 말대로 집에 들어오지 않았
을 것이다.

"놀만큼 놀았거든. 그리고 집에 엄마가 만든 고기산적도
아침에 제대로 먹지 못했잖아. 거기다 누나가 사 놓은 케이
크도 먹고 싶고."

"……."

"왜 그래?"

"그 말 진심이야?"

유정상은 도통 먹은 게 없었던 힘없는 모습으로 누나의 질문을 무시하며 부엌의 식탁으로 다가갔다.

그리고 냉장고에서 고기산적을 꺼냈다. 그러자 그것을 누나가 뺏었다.

"식었어. 다시 데워줄게."

"아. 그래."

유정상이 그렇게 말하며 식탁에 앉자 누나는 조금 이상하다는 얼굴로 그의 얼굴을 살핀다. 뭔가 평소와 다른 그의 행동 때문이었다. 거기다 지금 입고 있는 옷도 평소엔 못 보던 것이다.

"왜?"

"새로 산거니?"

"뭘?"

"입고 있는 옷 말이야. 평소에 입던 거랑 달라서."

"아, 빌려 입은 거야."

"왜?"

"옷이 더러워지는 바람에."

"뭘 했기에."

"별일 아니야."

더 이상 설명하는 건 곤란하다는 생각에 입을 다물어버

리자 누나는 그냥 고개만 끄덕이고 말았다. 평소에도 뭘 물으면 대답을 잘 하지 않는 동생이었으니까 말이다.

그래도 동생이 조금 이상해 보이기는 했다.

그래서 식탁에 앉아 있는 남동생을 빤히 바라본다.

"왜 그래?"

"흐음."

뭔가 긴장한 듯한 모습의 유정상.

역시 평소와 다르다.

"너 내 동생 맞아?"

"뭔 소리를 하는 거야?"

"너 외계인이지. 내 동생 돌려줘."

"나 참. 어이가 없네. 못난이 주제에."

반사적으로 예전에 누나에게 자주하던 말이 튀어나와버리자 '아차' 했다. 과거로 돌아온 이상 이제는 그런 말 따위 쓰고 싶지 않았기 때문이다.

과거 이시절의 유정상은 유정인을 누나라 부르지 않고 허구한 날 '못난이' 라고 불렀었다.

그런데 어쩐 일인지 그 때문에 곤란하던 상황이 좋아져버렸다.

"내 동생 맞구나."

"엥?"

결국 못난이 라는 말에 의심을 버린 것이다.

그러나 평소라면 자신이 직접 냉장고를 열어 뭔가를 꺼내 먹는 일 따윈 거의 없었고, 특히나 고기 산적의 경우엔 금방 한 것이 아니라면 잘 먹지도 않았던 동생이다.

그런데 그것도 모자라 자신이 사 둔 케이크가 먹고 싶다니 사람이 변해도 너무 변한 게 아닌가 싶어 걱정이 될 정도였다.

"너, 정말 무슨 일 있는 거야? 평소엔 안하던 행동을 하지 않나. 물어도 대답도 않고 씹기만 하더니 오늘은 어째 고분고분하네. 설마 큰 사고 친 거니?"

고기산적을 데우며 그녀가 의심스런 표정을 지우지 않은 채로 다시 물었다.

"사고는 무슨. 정말 아무 일도 없었어."

"정말이야?"

아무래도 의심스럽다는 듯 바라보는 그녀의 눈빛에 약간 찔끔했지만 그렇다고 사실대로 이야기 할 수는 없는 일이었다.

그런데 아직 젊은 시절의 누나가 어색하다.

그래서 유정상은 자신도 모르게 말이 튀어나왔다.

"역시 젊구나."

"뭐?"

"아, 아니야."

"역시 오늘 너 이상해."

"안 이상하다니까."

"거봐. 이상하잖아."

어쨌든 23살의 젊고 생생한 누나를 보고 있으니, 두 아이를 키우며 삶에 찌든 탓에 나이보다 더 늙어버린 49살의 누나가 떠오르자 더 마음에 짠했던 것이다.

그런 사실을 알 리 없는 유정인이 계속 고개를 갸웃거리다가 밥과 함께 고기산적을 새 접시에 담아 유정상의 앞에 놓았다.

"잘 먹을게."

"역시 이상해."

"……"

누나의 의심스런 표정을 무시한 채로 고기 산적을 허겁지겁 먹어치우기 시작했다.

하루 종일 먹은 게 없다보니 그야말로 게 눈 감추듯 고기들이 사라지고 있자 누나의 입이 떡 벌어졌다.

"오늘 하루 종일 굶기라도 한 거니? 천천히 좀 먹어."

쩝. 쩝.

한 그릇을 뚝딱 해치워버린 유정상이 다시 그릇을 내밀자 어이가 없다는 표정으로 그것을 받아 다시 채워줬지만 그것마저도 순식간에 먹어치워 버린다.

"꺼억. 잘 먹었다."

트림까지 하며 배를 두드리는 유정상을 보니 헛웃음이 나왔다. 평소 까다롭던 식성의 동생이라면 절대 보이지 않을 행동이라 익숙하지도 않은 풍경이었다.

"나 목욕 좀 할게."

배를 채우고 났더니 그제야 자신이 오늘 겪은 일을 떠올리고는 목욕을 해야겠다는 생각을 했다.

곧 따뜻한 물로 샤워를 끝낸 유정상이 자신의 방으로 들어갔다.

방으로 들어간 뒤 거울 앞에 서서 자신의 얼굴을 바라보았다.

그래도 씻고 온 덕분에 지저분한 느낌은 사라져 있었지만 머리 위의 화살표는 여전히 자리를 잡고 있었다.

뭔가 어이가 없다는 느낌과 함께 어딘지 모르게 우스운 꼴이라는 생각도 든다.

"던전에 들어가면 분리가 된다는 건가?"

던전에 들어갔을 때만 해도 계속 박혀 있던 커서였지만 독카멜레온을 죽이자 곧바로 머리에서 분리되었다.

"각성과 관련이 있으려나?"

아무리 생각해봐도 그것 말고는 납득이 되지 않았다.

그리고 던전을 나오자마자 다시 머리에 박혔으니 던전과 관련이 있는 건 확실해 보였다.

"이거 정말 밖에서는 빠지지 않는 건가? 은근히 신경 쓰이네."

그렇게 고민하던 유정상에게 뭔가 떠오른 생각이 있었다.

"혹시……."

그리고는 곧바로 거울을 들여다보며 집중해 들어갔다.

곧바로 마나를 머리 쪽으로 보냈다.

나름 9급 능력자 생활을 20년 가까이 한 몸이었으니 그 정도는 가능했다. 기본적으로 각성자가 되고 나면 마나를 특정 부위에 집중시키는 것이 가능했지만 쉬운 일은 아니다.

그러나 유정상의 경우는 경력이 길었으니 마나의 양이 작았을 뿐 사용 자체는 꽤나 능숙했던 것이다.

머리에 마나를 보내자마자 화살표 커서가 부르르 떨었다.

그리고 곧이어 그것이 머리에서 뽑혀져 나갔다.

"얼래?"

빠져 나간다는 느낌이 전혀 들지 않았다. 솔직히 보고 있지 않았다면 알지도 못했을 것이다.

그리고 커서가 머리에서 빠져나가자마자 던전 내에서 보았던 인터페이스 화면이 눈앞에 그대로 표시됐다.

그런데 던전과 다른 점이 있다면 파란색의 마나에너지가 조금씩 줄어든다는 사실.

그로써 커서가 마나의 에너지를 사용한다는 사실을 확신할 수 있었다.

"그렇단 말이지."

피식 웃으며 눈앞에 떠있는 커서를 바라본다.

그리고 던전에서의 경험을 살려 커서를 이리저리 움직여 보았다.

확실히 능숙해져 있던 탓에 움직임이 자연스럽다.

그 상태로 곧바로 이런저런 물건들에 커서를 올려보았다.

책상위에 있던 머그컵에 커서를 가져가보았다.

[머그컵]

단순한 명칭만 나올 뿐이었다.

그렇다고 하더라도 현실에서 사용할 수 있다는 사실 때문에 놀라운 건 매한가지.

이리저리 커서를 옮겨가며 명칭을 확인하다 이번엔 물건들을 살짝 들어보았다.

가벼운 책 종류는 마나의 사용량이 조금 느는 정도에 불과했지만, 방구석에 놓여 있던 아령이나 의자 같은 건 확실히 많이 소모되었다.

'역시 무게에도 영향을 받는군.'

앉아 있던 침대에서 물러서고는 침대에 커서를 지정했다.

이미 마나량이 절반가량 소모되어 있는 상황.

그 상태에서 침대를 지정해 들어올렸다.

그러자 에너지 소모량이 급격히 늘어났다.

그런데 너무 갑작스럽게 에너지가 떨어져버리자 손도 쓰지 못하고 침대가 바닥에 떨어져버렸다. 그 덕분에 주변에 책장이 넘어지며 꽂혀있던 책들도 쏟아져버렸다.

"으악!"

쿵! 우당탕!

"아차차!"

역시나 그 소리에 놀란 누나가 문을 열고 들어왔다.

그리고 방안이 엉망이 되어있다는 걸 확인한 그녀가 황당한 표정을 짓고는 곧바로 유정상에게 시선을 돌렸다.

"도대체 이게 무슨 일이래? 방에서 뭘 한 거야?"

"아, 미안. 이것저것 만지다가 실수 해버려서."

"어디 다친 건 아니니?"

"괜찮아. 그리고 이건 내가 정리할게."

대충 얼버무릴 수밖에 없었는데 그게 또 이상한지 유정인이 뭔가 이상하다는 표정으로 잠시 유정상을 바라보다 조심하라고 타이르고는 방을 나갔다.

"휴. 이것 참."

순식간에 엉망이 되어버린 방의 모습을 보고는 한숨을 쉬다 다시 정리하기 시작했다.

어느새 화살표는 머리에 다시 박혀버렸고, 머리로 마나를 보내 다시 분리해 보았다. 하지만 마나량은 극히 미세하기만 했고, 곧바로 다시 머리에 둥지를 틀어버렸다.

어쨌든 바깥에도 마나가 미세하게나마 분포하고 있으니 조금씩 차오르는 것 같기는 했다. 물론 던전에서처럼 커서를 바깥에 계속 꺼내어 놓을 수 있을 정도는 아니었다.

밤 9시 반쯤 되자 바깥문이 열리며 누군가 집안으로 들어왔다.

그 소리에 반응한 유정상이 거실로 나가자 반가운 얼굴이 보였다.

'어머니.'

과거라 무척이나 젊은 모습이었지만 고된 남의 식당일을 하느라 무척 수척한 모습이었다.

예전의 자신은 철이 없었던 탓에 늘 어머니께 돈 달라는 투정만 했다는 게 늘 후회스러웠다. 그런데 직접 이렇게 다시 그 상황으로 돌아가 직접 눈으로 확인하니 눈물이 쏟아질 것만 같았다.

"고생했어요. 엄마."

누나 정인이 어머니를 반겼다.

"그래. 너도 고생했어. 응? 정상이 일찍 들어왔네. 친구들이랑 약속 있다고 하지 않았었니?"

"……."

"왜 그러니?"

"쟤 오늘 좀 이상해요. 엄마."

누나가 엄마에게 다가가 귓속말로 이야기하자 묘한 표정이 되었다.

"이상하다니."

"쉿."

하지만 그런 것을 제대로 인식하지 못한 유정상이 평소와 다른 묘한 표정으로 바라보자 어머니의 표정에 걱정이 묻어났다.

"너 왜 그래? 괜찮은 거야?"

"어…어머니."

"뭐?"

한 번도 어머니라고 부른 적이 없던 아들이 그렇게 부르니 놀란 표정이 되었다.

그리고 놀란 건 누나인 정인도 마찬가지였다.

"거봐, 내말이 맞지?"

"정상아. 왜 그래."

하지만 유정상은 목이 메여 쉽게 말을 잇지 못하고 있었다. 그런데 그것이 또 이상해 보였는지 누나인 정인이 미간을 찡그렸다.

"오늘 생일 퍼포먼스 깜짝쇼라도 있나?"

"얜 눈치도 없이."

어머니가 누나의 등짝을 때렸다.

찰싹.

"아야."

"정상이 너 혹시 무슨 일 있니?"

엄마가 걱정스럽다는 얼굴로 물었다.

하지만, 두 사람의 행동에 금방 평정심을 찾고는 피식 웃으며 말했다.

"일은 무슨, 생일이라서 좀 감정적이었나 보죠. 뭐."

"어머, 감정적? 풋!"

찰싹.

"아야!"

❖ ❖ ❖

모두가 잠든 시간.

유정상은 침대에 누운 채로 양팔을 머리 뒤로 넘겨 베개를 만들고는 생각에 잠겨 있었다.

"커서라……."

방 허공에 이리저리 움직이는 커서를 바라보며 의문이 생겼다.

그리고 자신이 다리 위에서 보았던 그 별똥별에 생각이 미쳤다.

"설마, 그거였나?"

혜성이라고 생각했던 빛이 자신을 덮쳤다. 그런데 대재앙은커녕, 갑자기 과거로 와버렸다. 그리고 그 이후에 머리에 박혀 있는 커다란 화살표를 확인했다. 그러니 당연히 그것밖에 생각할 수 있는 것이 없었다.

하지만 정체에 대해서는 도무지 짐작도 할 수 없다는 건 변함이 없었다.

애초에 이런 물건에 대해 본 적도 들은 적도 없었으니 당연한 일.

벌떡 일어나 컴퓨터를 켰다.

그리고 이리저리 검색해 보았다.

그러나 이런 커서에 대한 이야기는 전혀 찾을 수 없었다.

'그렇겠지. 상식적으로 생각해도 말이 안 되니까.'

그렇게 계속 검색하다 곧 그것을 때려쳤다.

시간낭비라는 사실을 알았으므로.

"쳇, 잠이나 자자."

그런데 그때 폰이 울렸다.

띠리리리리.

휴대폰을 들어 확인해보니 '탱구' 라고 적혀있다.

'탱구가 누구지?'

세월이 많이 흐른 탓에 기억나지 않는 이름이었다. 어쨌
든, 그리 친한 녀석은 아닌 것 같은 기분.

"여보세요?"

– 왜 안온거야?

"응? 누구지?"

탱구가 자신과 어떤 사이인가 궁금해서 물었지만, 상대
는 그럴 기분이 아닌 것 같다.

– 이 자식이 뭐래는 거야. 장난해?

"무슨 용건?"

– 야, 이 새끼야! 오늘 네 생일이라고 한턱 쏜다며! 그래
서 클럽에 죄다 모였는데 뭐? 무슨 용건?

"아, 그랬군."

"뭐야?"

전화기너머로 소란한 소리도 들려왔다.

특히나 '어이가 없네.' 라든가 '그 또라이 새끼가 뒤지고 싶나?' 라는 소리도 들려왔다.

더불어 주변이 음악소리에 소란스럽기까지 했다.

그 때문일까. 그제야 희미했던 기억이 떠올랐다.

이리저리 양아치 같은 놈들과 잠깐 어울리던 시절이었다는 걸 말이다.

"그 일은 미안하게 됐다. 오늘은 개인 용무로 바빴고, 지금은 늦은 시간이니까, 다음에 보자고."

- 뭐라고? 이 씨발 새끼가? 네가 쏜다고 모였는데, 다음? 여기 계산은?

"너네들 끼리 먹었으니 알아서 계산해야지."

- 뭐야? 너 이 새끼 죽고 싶어?

"나 피곤하니까 다음에 이야기하지."

- 너 개자…….

뚝.

또 전화가 올게 분명해 보여 전화기를 꺼버렸다.

그리고는 한숨을 푹 쉬었다.

"어지간히도 호구였구나. 한심하다. 정말."

오늘은 참 가지각색의 경험을 한다고 생각하며 곧 잠이 들었다.

그렇게 얼마나 잠들었을까?

누나가 흔들며 유정상을 부르자 잠결에 깼다.

"으음. 지금 몇 시야?"

시계를 확인하니 새벽 2시 20분 이었다.

"그게 문제가 아니야."

"응? 무슨 말이야?"

"밖에서 술 먹은 미친놈들이 난리법석을 떨고 있다고."

"뭐야? 취객인가보네. 경비아저씨가 경찰 부르겠지. 내일도 아닌데 왜 그렇게 호들갑이야."

"너 저놈들과 무슨 사이야?"

"뭐?"

"저 미친놈들이 지금 고래고래 소리 지르면서 네 이름 부르고 있단 말이야. 지금."

그 말에 유정상이 미간을 잔뜩 찌푸리고는 침대에서 벌떡 일어났다.

그리고는 베란다에 나가 창문을 열어 아래를 내려다본다.

"유정상. 야, 이 새끼야. 안 나와!"

경비실 근처에서 네 명의 사내들이 야구 방망이까지 들고 고래고래 소리치고 있었다. 그리고 그곳에서 경비아저씨를 위협하며 창문으로 내다보는 사람들을 이리저리 노려보고 있었다.

그리고는 곧바로 유정상을 확인하자 한 녀석이 소리를 질렀다.

"너, 이 새끼. 거기 있었구나."

그 모습을 본 유정상이 어이가 없다는 표정을 지었다.

뭐 이런 천둥벌거숭이 같은 것들이 다 있나 싶었던 것이다.

"어이. 탱구라고 했지? 더 이상 민폐 끼치지 말고 돌아가라. 곧 경찰이 들이닥칠 텐데 말이야."

"뭐? 탱구? 저 새끼가? 뒈지기 싫으면 잽싸게 내려와라."

"하하하 탱구 맞는데 왜 그래."

"낄낄"

"에휴, 결국 내가 싸지른 똥이니 직접 치워야겠지."

"뭐야?"

"알았으니까. 좀 조용히 하고 있어라. 사람들 자는데 방해하지 말고."

"아가리 닥치고 빨리 내려와!"

"그래. 그래. 알았다."

그런데 그 모습을 본 누나와 어머니가 그를 말렸다.

"저, 정상아. 나가지마. 곧 경찰이 올 거잖아."

"그래. 나가지 말거라. 큰일 난다."

"안 그러면 또 찾아올 거야. 그런 일이 자주 있으면 우리도 여기 살 수 없게 돼."

그렇게 말하고는 대충 잠옷에 점퍼를 걸치고는 바깥으로 나갔다.

그러자 네 명 중 한 녀석이 건들거리며 다가왔다.

"씨발 새끼가 엿을 먹어?"

그렇게 유정상에게 다가와서는 그의 덜미를 잡아채려 했다. 그러나 유정상은 가볍게 그 손을 쳐냈다.

"이 새끼 봐라."

"여기 보는 눈도 많은데 자리 옮기자."

"킥킥. 꼴에 쪽팔리는 건 아나봐."

그렇게 말하며 자리를 옮겼다.

아파트 뒤쪽 한산한 공원 쪽으로 자리를 옮긴 유정상이 그들에게 타이르듯 말했다.

"그래. 정확히 너희들이 원하는 게 뭐지? 술값이냐?"

"씨발, 이 새끼가 뒈지려고."

"이젠 술값 정도로 수습이 안 되지."

"그래. 일단 존나 맞고 이야기하자."

"아우. 이 호구새끼가 진짜!"

그렇게 말하더니 한 녀석이 발을 유정상에게 날렸다.

그런데 녀석의 발이 유정상 근처에서 딱 멈췄다.

"어?"

뭔가에 잡혀버린 것 같은 이상한 느낌에 깜짝 놀랐는데 주변 친구들은 그 모습을 보고 웃기 시작했다.

"오."

"뭐해? 쇼 하냐? 낄낄."

"그래도 그런 자세로 발을 멈추다니, 우리 몰래 운동 좀 했나봐."

발을 쭉 뻗은 자세에서 멈춰 있으니 제법 발차기의 고수처럼 보였기 때문이다.

하지만 정작 발의 주인인 탱구라는 녀석의 표정은 심각해져 있었다.

그때 유정상이 입가에 미소를 지으며 나지막이 말했다.

"그래. 이런 걸 원한다는 말이지. 내가 시작한 거 아니다. 분명히 기억해 둬."

❖ ❖ ❖

"경찰에 연락한 거 맞지?"

"금방 올거랬는데. 왜 이렇게 안 와? 아, 저기."

어머니와 유정인이 발을 동동 구르다 경찰이 나타나자 곧바로 그들이 사라진 방향을 향해 급히 이동했다.

동네에서 가장 한적한 공원이라 그곳으로 갔을 거라고 생각했다.

그런데 도착하고 보니 의외로 조용하다.

"여기로 온 게 아닌가?"

유정인이 걱정스런 얼굴로 사방을 바라보았다.

혹시라도 동생이 어딘가 피투성이로 쓰러져 있는 건 아닐까 하는 생각에 두려움까지 생겼다.

그리고 한쪽 구석에 사람들이 모여 있는 모습이 눈에 들어왔다.

"저, 저긴가봐요."

"아가씨는 여기 있어요."

"저도 갈 거예요!"

두 명의 경찰관과 서둘러 그곳을 향해 뛰어갔다.

동생이 상태가 걱정인 탓에 위험이고 뭐고 생각할 겨를이 없었다.

그런데.

"어?"

경찰관들의 표정이 황당함에 물들었다.

사내 한명은 서 있었고. 네 명은 무릎을 꿇고 두 손을 하늘로 번쩍 쳐들고 있는 게 아닌가?

그 모습을 본 정인과 경찰들은 그저 멍하게 서 있을 뿐이었다.

❖ ❖ ❖

그리고 아침.

겨우 세 시간만 잤는데도 아침 일찍 눈이 떠졌다.

간밤에 파출소까지 가서 이런저런 것들로 간단한 조사를 받고 나오고 나니 새벽 3시 반이 넘어버렸던 것이다.

공원에서 잠시 동안 푸닥거리한 것이 효과가 있었던 것

인지 유정상의 눈빛만으로도 녀석들은 파출소에서 내내 기를 펴지 못했다.

파출소 경관들도 유정상이 간단한 시범을 보이자 각성자임을 알게 되었다. 덕분에 상황을 이해하고는 그들에게 다가가 파일로 머리를 툭툭 치며 '병신 같은 녀석들. 누굴 건드린 거야?' 라고 말했었다.

세상이 바뀌니, 각성자도 나름 사회에서 특별대우를 받고 있었던 것이다.

과거엔 특히나 각성자들의 희소성 때문에 대우가 특별했다는 사실은 의외였다.

어쨌든 집으로 돌아오니 어머니와 누나는 걱정스런 얼굴들이었고, 잘 해결되었다는 이야기를 듣고 나서야 안도하는 모습이었다.

물론, 각성자란 사실 때문에 빨리 돌아올 수 있었다는 이야기는 숨겼다.

아니, 애초에 각성자라는 사실 자체를 말하지 않았다.

"잠도 더 안 오네."

특별히 해야 할 일도 없는데 어째서 일찍 잠에서 깼는지 모르지만 특별히 피곤함을 느끼지도 않았던 탓에 침대에서 일어나 세수를 했다.

아직 바깥은 어둑어둑한 새벽.

운동복을 갈아입고 집을 나섰다.

9급 능력자가 되고 나서 몸에 밴 습관 때문에 아침운동은 필수가 되었다.

겨울이라 그런지 아침 7시가 되었음에도 주위가 어둡다.

유정상이 아파트를 나와서 가볍게 몸을 풀어주고는 천천히 뛰기 시작했다.

몸이 생각보다 가볍다는 사실에 조금 놀랐다.

젊은 나이라고는 해도 각성자가 아니라면 이정도로 가볍게 뛰기는 어렵고, 예전의 자신은 운동과 거리가 먼 사람이었기 때문에 체력이 좋았을 리도 없을 테니까 말이다.

하지만 어제 던전에서의 일로 인해 새롭게 각성했고, 레벨의 정확한 수치 개념은 부족하지만 어쨌든 레벨이 올라서 신체적 능력이 오른 게 틀림없을 것이다.

아무튼 가볍게 동네를 1시간 정도 달리다 날이 밝아오는 걸 보고는 집으로 향했다.

띠로링.

딸깍.

"어? 너 밖에 나갔다 온 거야?"

누나가 수건을 목에 감은 채 거실을 돌아다니다 유정상이 집에 들어오는 모습을 보고는 놀라 물었다.

"응. 아침 운동 하느라."

"밤에 그 난리법석을 떨고도 졸리지 않아? 너 정말 내 동생 맞니?"

"너는 동생에게 그게 무슨 말이야. 뭔가 큰 결심이 섰다면 그럴 수도 있는 거지."

부엌에 있던 어머니가 누나에게 핀잔을 줬다.

"아무리 그래도 사람이 너무 확 바뀌면……."

"넌 정말 누나가 되가지고 못하는 말이 없어. 아침부터 그렇게 재수 없는 말 해야겠니?"

빠르게 누나에게 다가간 어머니가 그녀의 등짝을 찰싹 후려쳤다.

"꺄악! 그래도 뒷말은 안했잖아."

"시끄럽고 빨리 밥 차리는 거나 도와 이것아."

"치. 알았어."

아내랑 자식과 헤어진 후 1년 동안 홀로 쓸쓸하게 살았던 정상으로서는 오랜만에 느끼는 사람들의 온정.

어렸을 적엔 이런 것들의 소중함을 알지 못했었다. 누군가 그렇게 말해주었더라도 그것이 가슴에 와 닿지 않았을 것이다.

하지만 지금은 달랐다.

오랫동안 인생의 쓴맛을 보고 살았던 그로서는 이런 사소한 것들도 모두 행복하게 느껴졌다.

모처럼 어머니와 누나의 밝은 모습.

그녀들도 달라졌다고는 해도 유정상의 이런 모습이 나쁠 리 없었다.

덕분에 모처럼의 아침 식사가 즐겁다.

식사 후 출근 준비를 하시는 어머니를 바라보다 잠시 생각에 잠겨있던 유정상이 커서를 머리에서 분리해 보았다.

더 익숙해지려면 필요한 일이다.

어차피 미세한 양이기는 해도 차오르는 마나이니만큼 숙련을 위해서도 이렇게 평소에 자주 사용해야 한다.

곧바로 게임화면 같은 시야가 생겨났고 커서가 거실 위에 떠다닌다.

커서가 공중에 떠 있는 동안 마나의 소모는 확실히 적긴 해도 착실히 떨어지고 있다. 던전에서는 대기에 마나가 풍부한 탓에 오히려 커서를 움직이는 정도만으로는 줄어들기는커녕 차오르는데 현실에선 확실히 마나가 부족한 것 같았다.

그렇게 장난을 치듯 이리저리 움직여보다 문득 어머니를 스쳐지나간 커서.

"응?"

그런데 찰나의 순간이긴 했지만 어머니의 상태창에서 뭔가를 본 것 같았다.

순간적으로 본 것이라 정확하지 않아 곧바로 커서를 어머니 쪽에 다시 가져갔다.

[이름: 고설옥]

[나이: 49세]

[생명력: 19.5/28]

[상태: 피로에 의한 과로 상태. 무릎 관절염을 비롯한 다수의 근육통과 위염.]

간단한 정보이기는 했지만, 분명한건 어머니의 상태가 좋지 못하다는 건 분명한 사실이었다. 그냥 좋아 보이지 않는다는 것과 이렇게 구체적인 수치를 보는 건 전혀 다른 것이다.

특히나 생명력이 본래에 비해 8.5나 떨어져 있다는 게 정확히 어떤 것인지는 모르지만 대충 생각해도 나쁜 상황임은 확실하다.

어머니의 상태를 확인한 유정상이 충격 때문에 잠시 멍하게 있다가 곧 뭔가 떠오른 것이 있어 그녀를 불렀다.

"엄마. 잠깐만."

"왜?"

"잠깐만 이쪽에 앉아 봐요."

"……?"

유정상이 어머니를 소파로 이끌었다.

뭔가 어색해하면서도 평소의 행동과 달리 다정한 모습을 보이는 아들이라 기분은 나쁘지 않았다.

그 모습을 누나가 신기하다는 듯 보고 있었지만 유정상은 그런 시선엔 신경 쓰지 않았다.

그리고는 곧 어머니의 모습을 다시 한 번 커서로 확인했다.

상태 말풍선을 계속 들여다보며 심각한 표정에 빠지자 어머니가 이상하게 생각했다.

"왜, 그래?"

"아, 아뇨. 잠시만 살펴볼게요."

"살피다니, 뭘?"

"엄마 건강상태요."

"뭐?"

어머니가 다소 의아하다는 표정이 되었는데, 출근 준비를 서두르던 정인이 웃는다.

"정상이 너 갑자기 허준으로 전직이라도 한 거야?"

"전직이라니? 그게 무슨 말이니?"

유정상은 두 사람의 말을 무시하고 눈앞 디스플레이의 오른쪽에 숨어 있는 조그마한 박스를 클릭했다. 그러자 그것이 회전하며 커다란 사각 화면을 만들며 인벤토리를 열었다.

그곳에는 그가 던전에서 구했던 여러 가지의 물건들이 나열되어 있었다.

그 중, 두목 고블린 사체 주위에서 습득한 물건으로 보이는 것들도 있었다.

마지막에 급하게 나오느라 제대로 살피지 못했는데 생각보다 많은 것을 얻은 것 같았다.

'응?'

그런데 이상한 구슬이 보인다.

푸른색의 구슬이었는데 어쩐지 바다 속 같은 신비로움이 느껴진다.

그것을 확인해봤다.

[클린볼]

[레벨: 하급]

[상태 이상을 치료할 수 있다. 단, 강한 저주는 풀 수 없다.]

'상태이상을 치료할 수 있다고?'

게임이라면 보통 중독이나 부상, 혹은 저주 같은 걸 풀수 있는 종류의 아이템으로 보였다.

처음엔 붉은색 포션을 사용해볼까 생각했다. 하지만 생각해보니 상태 이상 상황에서 생명력을 올린다고 해도 결국 시간이 흐르면 떨어지게 된다.

그렇게 생각한 유정상이 곧바로 '클린볼'에 커서를 가져가 그것을 인벤토리에서 꺼냈다. 그런데 그것을 꺼냈음에도 인벤토리엔 아직 클린볼이 남아있었다.

'응?'

영문을 몰라 다시 확인해보니 클린볼 아래에 숫자가 4로 적혀있었다. 다시 인벤토리에 넣어보니 5로 변한다.

'역시.'

클린볼의 숫자는 총 5개였던 것이다.

그것을 보고는 곧바로 다시 클린볼을 인벤토리에서 꺼내고는 어머니의 몸에 가져가 보았다.

'괜찮을까?'

솔직히 걱정이 되는 것도 사실이었다. 아무래도 어떤

반응이 생길지 확신이 없었기 때문이다. 하지만, 지금의 어머니 상태는 생각보다 심각할지도 모른다. 실제로 과거 이맘때쯤에 과로로 쓰러지셨던 것도 기억이 났기 때문에 그냥 넘어갈 수도 없는 일.

병원을 가보자고 얘기해봐야 과민반응 할 것이 분명하다.

나중에도 결국 이런 것들이 원인이 되어 몸이 더 약해졌었고, 결국 그 상태에서 치매까지 걸리셨다.

지금의 상태가 치매의 원인이라고는 장담하지 못해도 전혀 연관이 없다고도 생각할 수 없는 일이다.

그리고 붉은 포션으로 이미 그 효능은 경험한 바도 있으니 곧바로 결정을 내렸다.

"잠시만 앉아계세요."

"지금 나가야 돼."

"몇 분 안 걸리니까 잠시 만요."

그렇게 말하고는 클린볼을 어머니의 몸에 가져간 상황에서 그것을 떨어뜨렸다.

핑.

파란느낌의 에너지 파장이 어머니의 몸 주위로 퍼져나갔다.

꿀꺽.

어머니께 혹시라도 나쁜 일이 생기는 건 아닌가 싶은 불안감도 생겼다. 어머니의 상태가 나쁘다는 생각에 무작정

한 행동이긴 했지만, 뒤늦게 걱정이 생긴 것이다.

그렇게 생각하며 다시 커서를 어머니 몸에 가져갔다.

[상태이상을 치료중입니다.]

그리고 몇 초 지나지 않아 곧바로 말풍선의 내용이 바뀐
다.

[회복되었습니다.]

그 내용이 뜨는가 싶더니 어머니의 표정이 조금 바뀐다.

"응?"

하지만 이상하게 생각할 수도 있다는 생각에 서둘러 어
머니 곁에 다가가 손과 어깨를 주물러 드린다.

"어머나. 정상아."

놀라는 어머니.

평소엔 절대로 하지 않던 행동이니 깜짝 놀라는 것도 당
연한 일이다.

그러나 손도 대지 않은 상황에서 갑자기 몸에 변화를 느
낀다면 혼란에 빠질 수도 있으니 마사지를 받아 조금 개운
해졌다는 느낌으로 다가갈 필요가 있었다.

그리고 잠시 잠깐의 가벼운 마사지를 끝내자 어머니가
몸의 변화를 느끼고는 눈을 커다랗게 떴다.

"너. 마사지 배웠니? 몸이 엄청 개운해 졌어."

"아는 사람에게서 조금 배웠어요."

"조금이라면서 이 정도라니 정말 놀랐는데? 몸이 엄청 가벼워졌어. 몇 년은 젊어진 기분이 들 정도야."

실제로 어머니의 상태를 다시 커서로 확인해보니 상태가 '현재 쾌적함' 으로 되어있다.

물론 생명력에는 변화가 없었다.

아이템의 능력을 확인한 이상 곧바로 다시 인벤토리를 열어 생명력을 올려주는 붉은 포션을 꺼내고는 곧바로 어머니에게 다시 투하했다.

그러자 곧바로 다시 변화를 감지했는지 어머니가 입을 열었다.

"기분이 좋구나. 우리 아들 마사지 능력자네."

생명력까지 차오르자 그녀는 연신 몸을 이리저리 움직이며 신기하다는 표정을 지어보였다.

어머니의 반응이 너무 큰 탓일까 누나인 정인도 호기심을 보인다.

하지만 특별히 믿는 것 같은 눈치는 아니었다.

그저 아들의 변했다는 사실에 너무 기뻐서 저런다고 생각한 것이다.

물론 그 점은 정인도 마찬가지였기는 했지만, 그래도 조금 심했다며 피식 웃었다.

"설마, 젊어질 정도라니 엄마 너무 오바가 심한 거 아니야?

아들 사랑이 너무 지나친 거 아니유?"

"정말이야. 내가 거짓말을 왜하니."

"그래도 마사지 조금 받았다고 젊어졌느니 몸이 가벼워졌느니 하는 건 좀 오바지."

"이 계집애가. 넌 속고만 살았니?"

"그래도 믿을 걸 믿으래야지."

모녀가 다투는 사이 유정상이 여전히 어머니의 어깨를 주무르며 커서를 이동시켜 누나의 몸에 가져갔다.

이참에 누나도 확인해볼 필요가 있었다.

[이름: 유정인]

[나이: 23세]

[생명력: 29/35]

[상태: 피로에 의한 약간의 과로 상태. 어깨 결림과 약간의 위염.]

'젊은 누나가 이런 상태라니.'

누나 역시 어머니 정도는 아니어도 상태가 썩 좋아 보이지 않자 빠르게 인벤토리를 살폈다. 붉은 포션이 아직 한 개가 더 남아있는 것을 확인하고는 누나를 어머니 곁에 빠르게 앉혔다.

"어머나! 나 출근해야 돼."

갑작스러운 상황에 정인도 깜짝 놀랐지만, 커서의 마나가

185

얼마 남지 않은 상황이었으니 그런 그녀의 반응 따윈 신경 쓰지 않았다.

그리고는 처음처럼 클린볼을 누나의 몸에 떨어뜨리고 곧바로 그녀의 어깨를 주물러준다.

우악스럽게 어깨를 주무르자 움찔하며 놀라기는 했지만 그녀도 뭔가 몸의 상태가 달라짐을 느끼고는 깜짝 놀랐다.

"어머. 저, 정말이네."

"거봐. 정상이가 마사지 능력자가 맞지?"

"그러네. 전신이 싸 해지는 게 엄청 시원해. 이거 장난이 아니다."

그렇게 호들갑을 떨고 있는 정인과 어머니.

마나가 바닥나기 직전 상황이라 마음이 조금 급했던 유정상이 빠르게 커서를 움직여 남은 한 개의 붉은 포션도 누나에게 떨어뜨렸다.

붉은 기운이 다시 그녀의 몸에서 퍼져나가는 것이 눈에 보였다.

그런데 누나는 젊어서 그런지 어머니보다 반응이 더 크고 빠르다.

"어머. 어머. 대박! 어머머!

마나가 바닥나며 다시 커서가 머리에 꽂혔다.

그 사이에도 유정상이 계속 그녀의 어깨를 주물렀다.

그러면서 마나가 조금 차오르는 걸 기다리고 있었다.

그녀의 상태를 다시 한 번 확인하기 위해서다.

"너, 진짜 뭐 한거니? 이렇게 시원한 안마는 평생 처음이야. 진짜 시원해."

"호들갑 그만 떨고 가만히 좀 있어봐."

"알았어."

그렇게 말하면서도 계속 '대박!'을 연신 외쳐댔다.

에너지가 조금 차오르자 곧바로 다시 분리해 그녀의 상태를 확인했다.

말풍선의 상태를 확인해보니 역시나 생명력도 꽉 찼고, 상태도 '좋음'으로 변했다.

대충 마무리하는 시늉으로 마사지를 끝내자 누나인 정인이 유정상을 존경스럽다는 듯 바라보았다.

어머니도 표정이 밝아져 있었고, 실제로 방금 전과 달리 혈색도 좋아져 있었다.

"엄마, 우리 돈 열심히 모아서 정상이 마사지실 하나 차려줄까?"

"그거 괜찮은 생각이네."

"이정도 실력이면 사람들이 줄을 서겠지? 금방 부자 되는 거 아닐까?"

그런 두 모녀의 모습을 보고는 유정상이 한숨을 푹 쉬며 한마디 했다.

"돈은 있고?"

그 말에 두 사람은 꿀 먹은 벙어리가 되어버렸다.

"엄마는 출근 안 해요?"

"어머나. 내 정신 좀 봐. 마사지를 받아 너무 개운하니까 정신을 놓고 있었네."

어머니는 그렇게 말하며 서둘러 준비를 끝내고 집을 나섰고, 누나도 출근을 위해 서둘러 따라 나섰다.

두 사람 모두 아버지가 돌아가시기 전 병원비 때문에 생긴 대출 빚이 아직 남은 상황이라 모두 일 때문에 정신이 없었던 것이다.

그런데도 자신은 이런 백수 짓을 하고 있었으니, 참 한심할 따름이었다.

원래라면 직장이라도 알아볼 터였지만 이미 던전에서의 능력을 확인한 이상 그럴 필요는 없다. 다만, 헌터가 된다는 것이 아무래도 위험을 동반한 일이기 때문에 한동안 어머니와 누나에겐 비밀로 해둘 생각이었다.

어쨌거나 파출소의 일도 있고 해서 일단 헌터 확인증 정도라도 받아야겠다는 생각에 곧바로 동사무소로 향했다.

간단한 마나 검사 장치는 이미 전국 동사무소에 보급된 상황이라 쉽게 검사를 받을 수 있었다.

다만, 간단한 장치라 그런지 자세한 수치나 등급은 표시되지 않았고, 단순히 각성자라는 것만 확인이 가능했다.

그렇다고 하더라도 이리저리 쓰임새가 많은 확인증이라 받아두는 편이 번거롭지 않다.

"10만원입니다."

"헉."

역시나 더럽게 비쌌다.

간단한 검사다. 그리고 자세한 등급이나 특징을 확인하지도 못하면서 말이다.

역시 미래에도 그렇지만 국가는 헌터들을 상대로 제대로 꿀을 빨고 있었다.

동사무소를 나오며 스마트폰을 확인했다.

전국 던전에 관한 정보를 실시간으로 업데이트 하는 앱이 있다는 걸 기억하고는 그것을 스마트폰에 설치했다.

그리고 먼저 인근에 있는 던전의 정보를 확인했다.

"아직 던전이 그렇게 많이 생겨나지는 않았나보네."

근처에 있는 던전은 대략 10개 정도.

그나마 2성급이 두 개였고, 나머지는 모두 1성급이다.

과거로 오기 전이라면 적어도 인근에 60개 이상의 던전이 있었을 것이다.

더불어 던전 물품시세도 대충 확인했다.

"가격이 장난이 아닌데."

아무래도 희소성이 있다 보니 같은 종류의 마정석이라도 가격은 수십 배로 비쌌다. 물론 돈의 가치가 훨씬 높으니 그것을 감안하면 더더욱 비싼 것이다.

그렇게 생각해보면 단순히 1성급이라고 하더라도 제법 얻을 수 있는 것이 많을 것이다. 거기다 일반 다른 능력자들은 구할 수 없는 아이템도 구할 수 있다. 물론 거래는 불가능할지도 모르지만 아침에 확인했듯이 일반인에게도 사용

가능하다는 것은 크나큰 장점이었다.

거기다 아직 확인해보지는 않았지만 만약 인벤토리에 몬스터 사체에서 얻은 부산물도 넣을 수 있다면 정말 그것만큼 대박도 없다.

사실 던전 레이드에서 가장 번거로운 것이 있다면 그건 헌터보다 부산물을 챙겨올 많은 짐꾼이 필요하다는 사실이었다.

그래서 짐꾼의 경우 일반적으로 던전에 투입할 때 적게는 십여 명, 많게는 50명 이상이 필요할 때도 있다.

어쨌든, 인근 던전을 확인한 유정상이 방으로 들어가 간단히 옷가지를 챙긴 후 가방에 넣어 집을 나섰다.

근처 은행에서 통장에 있던 돈을 몽땅 현금으로 찾았다.

비밀번호는 20살 이후로 같은 번호를 쓰고 있었으니 기억하고 말고 할 부분은 아니었지만, 그래도 통장에 들어있는 돈이 52만원이 전부라니 스스로도 한심한 생각이 들었다.

병원에서 쓴 카드 값도 있고, 이전에 흥청망청 쓴 카드비까지 포함하면 부지런히 벌어야 할 상황이다.

'이거, 제대로 노가다를 해야겠군.'

일단 아파트 앞 편의점에 들러 식수와 간단한 먹을거리, 통조림 등을 구입하고는 서둘러 버스 정류장으로 향했다.

앱으로 던전에 대한 정보를 확인했다.

가장 가까운 던전은 집에서 다섯 정거장 거리의 야산이었는데, 발견된 지는 2년 정도 된 1성급 던전이었다.

주로 출몰하는 몬스터는 놀과 살아있는 선인장 정도였고, 고블린도 간간이 등장한다고 한다. 하지만 최근엔 별로 보이지 않았다는 정보를 확인했다.

경험자들이 쓴 걸로 보이는 짧은 댓글들을 확인했다.

대박헌터 – 여긴 쓰레기 던전임. 입장비 값을 제대로 못함.

골룸마스터 – 출입 시설 개판. 여직원 불친절. 몬스터는 돈도 안 되는 주제에 까다로움.

박스깽 – 여기 출입하는 건 호구 인정하는 거임. 가지 마셈.

도로묵뻴 – 1성급 던전치고는 제법 레벨이 높아서 은근 사고도 많은 곳이에요.

"흐음. 돈이 안되는 던전이라는 이 말이지."

하지만 가장 가까우니 일단 들어가 보기로 마음먹었다.

그런데 이정도의 간단한 정보임에도 정보사용료가 2만 원이었다.

"쳇, 모든 게 돈 이구만. 골드는 돈으로 못 바꾸나?"

유정상이 가지고 있는 돈은 모두 38골드이다.

하지만 아직까지는 사용할 수 있는 곳을 찾지 못한 상황이었기 때문에 그저 가상의 돈일 뿐인지 정말 사용할 수는 있는지에 대해 명확하지 않았다.

어쨌든 나중에라도 알 수 있는 문제라 더 이상 고민하지
않기로 했다.

그렇게 유정상은 이런저런 생각을 하며 버스를 기다렸
다.

❖　❖　❖

'이렇게 몸이 가볍다니.'

아침에 아들의 마사지를 받은 설옥은 정말이지 10년은
젊어진 것 같은 기분이었다. 아니 그때보다도 더 활력이 넘
치고 있었다.

처음엔 그저 무심하던 아들이 너무 친근하게 변한 것 같
아 기분이 좋아서 착각을 한 것이라고 생각했지만, 식당에
출근하고 일을 시작하고는 기분 탓이 아님을 확실히 알게
되었다.

그 놀라운 마사지를 받은 이후 놀랍게도 그녀를 괴롭히
던 무릎 결림과 어깨 통증, 거기다 명치 부근의 통증까지
말끔하게 사라져 버린 것이다.

이 거짓말 같은 상황이 그저 놀라울 뿐이었던 설옥은 모
처럼 날아갈 것 같은 기분에 노래까지 흥얼거리며 설거지
를 했다.

그 모습을 본 동료 직원들은 그런 그녀의 모습이 낯설었
다.

"설옥씨 좋은 일 있나봐."

"그럼."

"무슨 일인데."

"호호호."

"말 안 해 줄 거야?"

그렇게 설옥은 미소 지으며 기분 좋게 하루를 시작하고 있었다.

그 시간 패밀리 레스토랑에서 알바를 하고 있던 누나 유정인도 펄펄 날 것 같은 기분에 무거운 채소 박스까지 거침없이 나른다.

그 모습을 본 사장이 황당하다는 표정으로 물었다.

"정인이 너 오늘 무슨 일 있냐? 왜 그래?"

"후후 그러게요. 오늘 컨디션 진짜 최상이에요."

정인이 팔을 걷으며 주먹을 불끈 쥐어 보이는 시늉을 했다.

커서 마스터
Cursor Master

3. 초보 커서마스터의 몬스터사냥

커서 마스터

Cursor Master

3. 초보 커서마스터의 몬스터사냥

"어, 왔다."

버스가 도착했다.

의자에 앉아 다시 한 번 목적지를 확인하고는 버스 실내를 한번 둘러본다.

오랜만에 예전 버스를 타고 보니 뭔가 구닥다리만의 멋스러움이 옛 추억에 잠기게 했다. 물론 현실에서 보자면 신형버스라 구닥다리라는 말은 조금 어울리지 않지만.

어느새 목적지 정류장에 내린 유정상이 서둘러 야산 위에 올랐다.

여기도 올라가는 길에 경고 표지판이 보였다.

- 각성자가 아닌 사람은 입산을 피해주십시오. 이곳은

던전이 있는 곳이므로 간혹 몬스터가 근방에 나타날 수 있습니다.

던전의 에너지가 미치는 반경은 대략적으로 500미터 내외.

강력한 던전이라면 몇 킬로미터까지 에너지가 미치기도 하지만 그런 경우는 거의 드물다. 그러나 산속에서 500미터라면 결코 좁지 않은 넓이라 일반인이라면 아예 산에 오르지 않는 편이 현명할 것이다.

아무튼 그런 것에 신경 쓰지 않고 유정상은 목표한 장소를 어플로 확인하며 올라갔다.

딩동. 딩동.

그리고 대략 20분 정도 올랐을 때 어플이 목표한 곳에 도착했다는 신호를 보내왔다.

어플에 표시된 곳을 향해 바라보니 주차장이 보이고 입구를 통제하는 두 개의 사무실이 이어진 곳이 보인다. 그곳으로 가니 강철로 된 보호 철장 속에 몇 명의 사람들이 보인다.

입구에 있는 사무실에는 직원으로 보이는 여자 한 명과 다른 사무실엔 남자 두 명이 보인다.

아마도 두 명의 남자는 혹시 모를 몬스터의 출현을 대비해 파견된 전문 사냥꾼일 테고 여자는 공무원일 것이다.

던전 주위에 가끔 나타나는 몬스터라고 해봐야 총으로도

사냥이 가능한 녀석들이 대부분이기 때문에 굳이 능력자가 아니더라도 상관은 없었다.

그리고 실제로 몬스터가 나타나는 경우는 거의 없다.

어쨌거나 인기가 없는 던전이라더니 주차장도 텅 비어 있어 아무래도 유정상이 오늘 첫 손님 같았다.

"던전에 들어가고 싶은데요."

"각성자이신가요?"

"네."

"각성자 확인증이나, 등록증 있으신가요?"

"여기."

동사무소에서 발급받은 확인증을 내밀었다.

"그럼 여기에 사인해 주시구요. 구해오신 마정석은 이곳에서 전량 매입할거에요. 던전은 정부 소유라 마정석을 외부로 유출하는 건 금지라는 거 알고 계시죠?"

"네."

지금은 아직 각성자가 생긴 지 오래되지 않아 관련 법규가 미흡했고, 각성자를 관리하는 곳도 부족한 상태라 던전에 들어가는 것에 대해 크게 통제를 하는 편은 아니었다.

그래서 특별히 등급에 대한 제한은 없는 것 같았다.

여직원이 내민 종이를 대충 읽어보았다.

사망하더라도 국가에서는 일체 책임을 지지 않는다는 글이 적혀있었다.

피식 웃은 유정상이 사인을 했다.

그리고 국가에서 전량 매입하는 건 여자의 말대로 던전은 생기면 곧바로 국가에 귀속되기 때문에 개인적으로 마정석을 외부로 유출하는 건 법으로 강하게 통제하고 있었다.

물론, 그렇다고 하더라도 블랙마켓에는 마정석이 꾸준히 불법적으로 흘러들어가고는 있었지만.

"기타 몬스터 사체 부산물은 본인이 직접 처리하셔도 무방하고요, 이곳에서 연락을 하면 10분 안에 매입차량이 오니까 그쪽을 통해 판매하셔도 돼요."

"알겠습니다."

"그런데 혼자세요?"

"아, 네."

하지만 뭔가 미덥지 않은 얼굴이던 여자 공무원이 유정상을 슬쩍 살피더니 곧 관심을 끊고는 다시 말을 이었다.

"입장료는 20만원입니다."

생각보다 더럽게 비싼 가격이었다. 던전 관리가 국가 재정의 상당한 부분을 차지하고 있다는 걸 생각해보면 정부가 이걸로 얼마나 엄청난 꿀을 빨고 있는지 알 만했다.

하지만 법으로 정한 걸 개인이 어떻게 거부할 수 있겠는가? 더러워도 달라는 대로 줄 수밖에.

곧 주머니에서 돈을 꺼내 20만원을 주고 나자 들어가도 된다는 허락이 떨어졌다.

사무실 뒤편에 있는 탈의실로 들어가 대충 챙겨온 운동

복으로 갈아입었다. 그리고 식료품이 들어있는 작은 가방은 허리에 차고 옷가지를 넣은 큰 가방은 다시 개인사물함에 넣어 둔 후 던전으로 들어갔다.

암흑의 게이트를 통과하자 바깥과 다른 광경이 눈에 들어왔다.

풀이 듬성듬성 나 있고 커다란 바위산이 즐비한 사막의 모습.

기후 역시도 사막답게 건조하면서도 덥다.

던전에 대한 정보가 그리 자세하지 못한 덕분에 별로 준비하지 못했지만, 대체적으로 던전은 더운 지역이 많았으니 별로 문제될 것은 없었다.

이번에도 들어가자마자 커서가 머리에서 분리되어 공중에 떠 있는 게 보였다.

유정상이 그것을 확인하자 곧바로 화살표가 왼쪽 편을 가리킨다.

화살표가 가리키는 방향을 한번 돌아보았다.

"저쪽이 목적지인가? 귀환석이나 보스가 있다는 거겠지."

그리고는 그쪽을 향해 천천히 걸었다.

그런데 걷기 시작한지 얼마 되지 않아 나타난 몬스터는 하급 몬스터 '살아있는 선인장' 이었다.

보통 '녹형' 이라고 불렀는데 생긴 건 단순하게 머리, 몸통, 팔, 다리 정도로 구분되어 있는 녀석이다. 그런데 이런 이름이 붙은 이유는 흑인들 특유의 건들거리는 동작과 비슷하다는 이유였다. 그래서 흑인을 '흑형'으로 불렀듯 이 녀석들을 '녹형'이라고 불렀었다.

하지만 움직임에 비해 공격력이나 방어력이 약한 녀석이라 노련한 각성자라면 상대하기 어려운 놈은 아니었다.

먼 곳에 있는 놈을 발견하고는 커서를 올려보았다.

[이름: 살아있는 선인장]
[레벨: 2]
[공격력: 20]
[방어력: 25]
[생명력: 110/110]
[힘: 15]
[민첩: 27]
[체력: 28]
[지능: 5]

선공 몬스터이긴 해도 굳이 놈의 영역에 침범하지 않는다면 먼저 공격하는 일도 없으니 그야말로 손쉬운 놈들이다. 하지만, 이런 놈들이라고 하더라도 초보 능력자들에게는 버거운 녀석이라는 것도 사실이었다.

그러나 유정상은 많은 경험이 있었고, 특별한 능력도 있으니 문제될 것은 없었다.

제아무리 빠르다고 해봐야 커서의 움직임과 비교할 수는 없는 일이니 말이다.

특유의 건들거리는 움직임으로 녹형 한 마리가 유정상에게 다가왔다.

은연중에 놈의 영역에 들어온 탓이다.

영역에 침입자가 발생한 경우엔 일단 표적으로 삼고 가차 없이 공격을 시작하게 된다.

하지만, 어차피 유정상은 녀석을 사냥할 생각이었으니 상관없었다.

빠르게 커서를 움직여 놈을 지정해 붙들었다.

"꾸익?"

놈이 갑작스럽게 움직임을 봉쇄당하자 이해하지 못했는지 고개를 갸웃거렸다.

그런 모습이야 어찌되었건 커서를 이용해 하늘로 번쩍 들어올렸다.

"끼우우!"

그리고는 곧바로 바닥에 내리 찍어버렸다.

쿵.

"끼엑!"

녹형이 비명을 지르며 한순간 축 늘어져버렸다.

그리고는 곧이어 놈이 사망했다는 증거로 금화 몇 개와 함께 [선인장 연고]라는 아이템을 떨어뜨렸다.

조그맣고 볼품없는 녹색덩어리 연고이기는 했지만, 외상

에는 특별히 효과가 좋은 놈이라는 설명도 곁들여 있다.

그렇게 두 마리를 더 드래그만으로 사냥을 했는데 마나 사용이 급격히 늘어나버린 탓에 사냥 방법을 바꿨다. 그것은 가벼운 검을 사용한 방법.

본소드는 기본적으로 유정상 자신을 방어하기 위한 것이라 고블린들이 쓰던 녹슨 검을 사용해 다시 사냥을 시작했다.

푸슉. 푸슉. 푸슉.

"끼이이이익!"

"꾸이이이익!"

녹슨 검이 몸을 통과하자 비명을 지르며 쓰러지는 녹형들.

이전의 경우라면 이놈들도 사체를 해체했을 것이다.

하지만, 지금의 시대엔 녹형들의 사체는 가치가 없다.

아직 제대로 활용 처를 찾지 못한 탓이다.

미래에야 놈들의 껍질과 내용물이 각종 치료제로서 알려지게 되지만, 지금은 그저 쓰레기일 뿐인 것이다.

그게 아니더라도 몬스터의 사체를 얻어가는 건 애초에 포기한 상황.

처음부터 레벨업과 몬스터들이 떨어뜨리는 아이템에만 집중했다.

[레벨이 올랐습니다.]

그렇게 수십 마리의 녹형들을 잡고 나자 인근에 씨가 말랐는지 더 이상 보이질 않았다.

그와 더불어 사냥에 사용했던 고블린의 녹슨 검 세 개가 모두 부서져 버리고 말았다.

레벨은 5가 되었다.

그리고 보유 금화는 어느새 88G가 되어 있었고 인벤토리엔 수십여 개의 선인장 연고와 몇 개의 하급 포션들, 그리고 손톱만 한 크기의 저급 마정석을 4개 얻을 수 있었다.

확실히 커서는 사기 급이었다.

이정도의 결과를 내기 위해서라면 대여섯 명 이상의 헌터가 동원되어야 할 정도였다. 물론 사체를 사용할 수 없다는 것은 아쉽지만 아이템만으로 충분했다.

하지만 아직 귀환석도 나오지 않았고 던전에 입장한지도 얼마 되지 않은 상황.

간단히 편의점에서 사온 삼각 김밥과 음료수로 허기를 채운 뒤 다시 사냥에 나섰다.

녹형들이 있는 지역을 벗어나자 곧이어 개머리의 놀들이 한두 마리씩 나타나기 시작했다.

한 녀석에게 커서를 가져가 보았다.

[이름: 놀]
[레벨: 2]
[공격력: 35]

[방어력: 40]

[생명력: 150/150]

[힘: 18]

[민첩: 23]

[체력: 29]

[지능: 5]

녹형과 같은 레벨이지만 대략적인 능력치는 더 높아보였다. 물론 스피드는 녹형 쪽이 약간 우위에 있었지만.

어쨌든 놈들은 조악한 창이나 심하게 녹슨 칼, 혹은 도끼를 들고 돌아다니고 있었다. 그러다 몇 녀석이 유정상을 발견하고는 소리를 지르며 달려왔다.

"크아아아앙!"

느긋한 표정의 유정상이 근처에 올 때까지 기다렸다.

"어이. 어이. 줄을 서시오!"

그리고 먼저 도착한 녀석부터 커서로 들어 패대기치고, 다음 녀석도 곧바로 똑같이 해주었다.

철푸덕. 철푸덕.

"캐갱!"

"캥!"

녀석들의 사체와 함께 동전 몇 개와 하급 포션이 나왔다. 그리고 놈들이 가지고 있던 녹슨 칼을 얻은 후 그것을 커서로 드래그하며 다시 사냥을 시작했다.

두 마리를 죽일 때 마다 칼이 부서져 버리는 탓에 그때그때 무기를 갈아줘야만 하는 불편이 있었지만 그래도 거의 거저먹는 사냥이라 힘들 것은 없었다.

푸슉! 푸슉!

"캥!"

놈들은 이전에 잡은 놈들과 다른 아이템들도 종종 떨어뜨렸다.

[놀의 가죽]이라든가 [놀의 꼬리] 혹은 [화염볼]의 경우가 그렇다.

놀의 가죽이나 꼬리 같은 경우엔 보통 헌터 슈트의 재료로 쓰인다. 그리고 화염볼은 클린볼처럼 생겼지만 붉은색이라는 점이 다르고 공격용으로 일종의 화염병과 비슷한 역할을 한다.

적을 향해 던져도 되고, 커서를 이용해 직접 투척해도 상관없다.

그렇게 놀들을 잡으며 아이템을 수거하는데도 재미가 쏠쏠했다.

[레벨이 올랐습니다.]

각종 공격용 투척 아이템을 이용한 공격 등으로 놀들을 수십 여 마리 사냥했더니 다시 레벨이 올랐다.

다시 유정상은 레벨이 6이 되었다.

하지만 시간이 지날수록 놈이 나타나는 간격이 줄고 거기다 숫자는 점점 늘어가자 유정상도 긴장하기 시작했다.

일단 몇 마리만 더 사냥한 후 몸을 숨겼다.

처음과 달리 무작정 놈들과 싸우는 건 위험하다는 생각에서였다.

커서의 마나 사용량이 늘면서 빈틈이 자주 발생했던 탓이다.

그 덕에 몸 몇 군데 자잘한 상처도 생겼다.

그래서 녹형들을 사냥하고 얻은 선인장 연고를 꺼내 상처부위에 발라보았다.

'이거 효과가 좋네.'

상처들이 금방 아무는 것이 신기했다.

그나저나 이상한 건 이렇게 많이 사냥했음에도 귀환석이 나오지 않았다는 점이다. 마정석이나 아이템들은 꾸준히 나왔음에도 말이다.

유정상의 경우엔 방어력이 낮은 관계로 계속 노출한 상태로 사냥을 하는 건 위험한 일이라 몸을 숨긴 상태에서 다시 사냥에 들어갔다. 그런데 놈을 대략 스무 마리쯤 사냥했을 때 새로운 아이템이 처음 등장했다.

[던전 맵]

던전 맵은 지금 있는 던전의 지도로서 일종의 내비게이션과 같은 화면을 보여준다.

맵을 중심으로 지도가 펼쳐지며 근방 1킬로미터 내외를 표시하며 이동과 동시에 지도에도 이동표시가 나타나기 때문에 자신의 위치를 확인하며 움직일 수 있다.

화살표로는 보스 몬스터가 있는 방향밖에 알 수 없지만, 던전 맵은 자신이 지나쳐간 길들을 표시해주는 터라 던전의 모습을 좀 더 자세하게 살필 수 있게 해준다.

물론 유정상은 이런 아이템에 대한 것도 아는 바가 없었다.

그러나 다른 사람들에게는 보이지도 않았고, 더더욱 사용은 불가능한 아이템인 것이다.

커서와 게임식 디스플레이 화면을 가져야만 사용가능한 그야말로 유정상만을 위한 아이템인 것이다.

던전이라는 곳이 커서와 만나며 일종의 게임식으로 변한 덕에 더욱 사냥이 쉽고 재밌어진 것이다.

그런데 신나게 사냥을 하다 보니 생각하지 못한 일이 발생했다.

놈들을 죽이고 생성된 아이템이 어느 순간부터 클릭하면 커서에서 튕겨져 버린 것이다.

"어?"

전혀 예상하지 못한 일이다보니 처음엔 무슨 일인지 알 수 없었지만 곧 그 이유를 알게 되었다.

"인벤토리가 꽉 찼구나. 당연한 걸 전혀 예상하지 못하다니."

던전에서 얻을 건 이미 충분히 얻었지만 귀환석을 구하지 못한 이상 당장 탈출은 어려웠다. 그래서 놀의 가죽처럼 같은 종류가 많은 것들은 조금 버리고 그 사이에 새로운 아이템들을 채워 넣었다.

그런데 이번엔 이상한 아이템이 보였다.

빛나는 느낌의 두부 한모가 땅에 떨어져 있었던 것이다.

"설마 먹는 건 아니겠지."

그렇게 생각하며 커서를 두부 위에 올렸다.

[탈출의 두부: 귀환석]

[먹으면 귀환할 수 있습니다.]

"귀환석이라고?"

놀랍게도 두부인 주제에 귀환석이었다.

유정상도 일반적이지 않은 귀환석 몇 개정도는 알고 있었지만 두부는 처음이었다.

과거인 지금이야 이런 종류의 귀환석에 대한 정보를 아는 사람이 거의 없을 테지만 미래엔 제법 알려지는 것들이 존재했다. 다만, 그것도 종류가 너무 많았고 사용법도 가지각색이라 유정상 역시도 모르는 게 많았지만 말이다.

어쨌든 사용법은 먹는 거다.

어떡할까 생각하다가 이왕 인벤토리가 다 차버린 상황이
니 일단 던전을 나가는 게 옳은 듯싶었다.

그래서 그것을 손으로 집어 들었다.

과연 이 녀석은 공개된 아이템이 분명한지 커서를 사용
하지 않고도 손으로 곧바로 쥐어진다.

"맛없게 생겼네."

잠시 망설이다 두부 주변에 묻은 흙들을 털어내고는 곧
한입 베어 물었다.

역시 예상대로 맛은 없었다.

우우우우웅.

순간 머리가 멍해지는가 싶더니 눈앞이 일렁이며 검은
구멍이 생겨났다.

그리고는 곧바로 그 곳으로 빨려 들어갔다.

"엇!"

팟.

어느새 바깥으로 나온 유정상이 잠시 사방을 두리번거렸
다.

"강제 추방용 귀환석이라는 건가?"

먹자마자 강제로 튕겨 나와 버렸으니 조금 황당한 기분
이 들었던 것이다.

곧이어 인벤토리를 열어 오늘 사냥에서 얻은 마정석 7개
를 모두 꺼냈다. 그리고 조그마한 주머니에 옮겨 담고는 사
무실 쪽으로 발길을 돌렸다.

"이걸 혼자 다 구했다고요?"

"네."

유정상의 대답에 여직원 근처에 있던 사냥꾼들도 놀랍다는 표정을 지어보였다.

그도 그럴 것이 혼자 들어가 마정석을 구해온다는 게 생각보다 쉬운 일이 아닌 것이다. 왜냐하면 마정석은 몬스터의 몸속에 있고, 마정석이라는 것이 모든 몬스터에게 있는 것도 아니다.

물론 사체에서 찾는 게 어려운 건 아니다.

그러나 문제는 혼자서 일일이 그것을 하기엔 무리가 있다는 사실이었다.

그래서 항상 동료가 필요한 것이다.

그런데 유정상은 동료도 없이 혼자 마정석을 7개나 구해왔다.

비록 저급의 마정석에 불과했지만, 그 가치는 일반인이나 낮은 등급의 각성자들이 무시할 정도는 아니었다.

한참을 마정석에서 눈을 떼지 못하던 여직원이 곧 그것들을 커다란 분석기에 넣어 확인했다.

그리고 바깥으로 보여진 조그마한 디스플레이에서 숫자가 표시되었고, 여직원이 그것을 설명해 주었다.

"마정석 7개, 총 금액은 327만원입니다. 여기서 30%의 세금을 제하고 나면 2,289,000원 이에요. 통장번호를 불러주세요."

확실히 가격이 좋았다. 미래라면 5분의 1도 받을지 어떨지 모르는 것들인데 희소성 때문인지 제법 비싼 가격이었던 것이다.

곧바로 유정상이 은행과 계좌번호를 불러주자 여직원이 컴퓨터로 작업을 하기 시작했다.

"이체 끝났습니다."

그 말과 동시에 스마트폰이 진동했고, 문자를 확인해보니 정확한 금액이 입금되었음을 확인할 수 있었다.

텅텅 비어 있던 통장에 200만원이 넘는 돈이 들어가니 어쩐지 배가 부른 느낌이었다. 그보다 길지도 않은 시간에 이만 한 돈을 벌고 보니 뭔가 새로운 세상이 열리는 기분이었다.

서둘러 탈의실에서 옷을 갈아입고 개인 사물함에서 가방을 찾았다.

그리고 사무실 뒤편에 있는 샤워 룸에서 씻은 뒤 산을 내려갔다.

커서 마스터
Cursor Master

4. 돈을 벌어라

커서 마스터
Cursor Master

4. 돈을 벌어라

[이름: 유정상]

[직업: 커서마스터]

[레벨: 6]

[공격력: 55]

[방어력: 32]

[생명력: 250/250]

[힘: 22]

[민첩: 29]

[체력: 35]

[지능: 11]

"흐음. 이정도면 좋은건가?"

유정상이 자신의 상태를 확인하며 머리를 긁적거렸다.

"너 정말 무슨 재주를 부린 거니?"

그런데 퇴근하고 돌아온 누나가 소파에 앉아 고개를 갸웃거리던 유정상에게 다가가 물었다.

"갑자기 무슨 소리야? 재주라니?"

"아침에 말이야. 그 마사지."

그제야 누나가 하는 말을 이해한 유정상이 고개를 끄덕인다.

"말했잖아. 아는 사람에게 배웠다고."

"그 아는 사람이 도대체 정체가 뭐야?"

"그게 왜 궁금한 건데?"

"나 살아오면서 오늘처럼 개운한 느낌에다 컨디션이 최고였던 적은 처음이었어. 일이 즐겁다니, 이래도 되는 거니?"

평소보다 더 호들갑을 떠는 누나의 모습에 속으로는 웃었지만 겉으론 그저 덤덤하게 반응했다.

"그 정도야 보통이지."

"저기 정상아. 부탁이 있는데."

뭔지 알 것 같은 느낌이 든다.

"마사지 일주일에 한 번씩 해주면 안 돼?"

"일주일에 한번씩?"

"응."

눈을 반짝이는 누나의 모습이 부담스러워 시선을 회피하며 귀찮다는 음성으로 말했다.

"그게 보기보다 말이지. 힘들어서 귀찮아. 의외로 기력 소모가 심하거든."

당연히 거짓말이다. 기력 소모 그딴 게 있을 리가 없지 않은가. 그저 귀찮았을 뿐이다.

하지만 그런 사실을 알 리가 없으니 그녀는 수긍하고 있었다.

"아마 그렇겠지. 그렇게 효과도 좋으니까. 우연인지는 모르지만 아프던 발목도 좋아졌다니까."

"원래 전신에 기를 불어넣는 방식이라 어깨만 주물러줘도 전신의 피로가 사라지고, 자잘한 잔병들도 치료가 되는 거라 당연한 거야."

"어쩐지."

평소라면 절대로 이런 황당한 말에 수긍할 리가 없는 그녀였지만 이미 효과를 봤으니 뭔 말을 하더라도 믿을게 분명했다.

"아무튼 한번 마사지 하고 나면 피곤해져서 말이지."

하지만, 유정상은 과도하게 자신의 피로함을 어필했다.

"저기, 용돈 줄까?"

"됐어. 벼룩의 간을 빼먹고 말지."

"네가 돈을 거부하다니, 확실히 너 뭔가 달라지긴 했다. 정말."

"당연하지. 내가 그동안 알게 모르게 심신을 수련해 마음가짐이 조금 달라졌거든."

"설마, 혹시 그 아는 사람이 산속에서 수련을 한 도사라든가."

"숨기려했는데 눈치를 채고 말았군."

"역시, 그런 일이 있었구나. 어쩐지 네가 그동안 집에 잘 들어오지 않았던 건 그런 훌륭한 분들에게 수련을 받았던 탓이었어. 난 그런 줄도 모르고, 네가 나쁜 애들이랑 어울린다고 오해했지 뭐야."

오해가 아니다.

누나의 예상이 한 치의 오차도 없이 정확했다.

유정상은 조금 양심에 가책을 느끼고 있었다.

"어쨌든 그럼 매일 네 방 청소해줄게. 어떻게 안 될까?"

"크음."

살짝 고민하는 듯한 모션을 취하자 누나의 표정이 기대감에 들떴다. 그리고는 한마디 더했다.

"매일 발도 씻어줄게."

이 정도면 그녀로서는 나름 큰 결심을 한 거다.

"오케이 좋아. 콜."

"콜! 이참에 한 번 더 마사지 해주면 안 돼?"

"뭐? 사람이 양심이 있어야지."

"양심이고 뭐고 난 그런 거 몰라. 이게 얼마나 시원한데. 그러니까 정상아. 응?"

"아까는 다 이해한다는 듯 말하더니, 못난이 주제에 어디서 수작질이야? 아까 약속 무효다!"

"뭐? 흥."

그런 누나의 모습을 본 유정상이 한숨을 푹 쉬고는 곧바로 그녀를 소파에 앉도록 했다. 그리고 커서로 그녀를 살폈다.

[이름: 유정인]
[나이: 23세]
[생명력: 35/35]
[상태: 약간의 피로상태와 어깨 결림.]

확실히 아침에 비한다면 많이 좋아져 있었지만 오늘 일 때문에 조금 피로함이 있는 듯 보였다. 하지만 역시나 생명력은 거의 다 차있는 상태라 건강상으로는 문제가 없어 보였다.

어쨌든 누나가 힘들게 살고 있다는 걸 단적으로 보여주는 수치가 마음이 조금 짠했다.

'어쩌겠어? 가족인데 내가 챙겨야지.'

곧바로 인벤토리를 열어 클린볼 하나를 꺼냈다.

오늘 사냥으로 인해 클린볼도 제법 늘어나 벌써 12개나 되었다.

그중 하나를 커서로 꺼내 누나에게 떨어뜨림과 동시에 어깨를 약하게 주물렀다.

그러자 그녀의 몸 주위로 푸른 파장이 퍼져나가는 게 눈에 보였다.

그 때문일까 정인이 전신을 부르르 떨었다.

"대박! 너 진짜 마사지의 신이야. 신!"

"신이고 뭐고, 오늘은 이걸로 끝이야. 그리고 매일 발 씻겨주는 거 잊지 마. 하루라도 어기면 국물도 없으니까."

"어쩌면 좋지? 나 이거 중독될 거 같아."

"뭐야?"

누나가 효과를 느끼자마자 몸을 들썩이며 즐거워하니 말은 퉁명스럽게 하면서도 뿌듯한 느낌이었다.

그리고 늦은 저녁에 퇴근한 어머니에게도 역시 누나처럼 클린볼 한 개를 사용하며 마사지를 해 드렸다.

"나도. 나도."

"죽을래. 진짜!"

❖　❖　❖

아침이 되고 두 모녀가 출근을 한 후 유정상은 거실에 앉아 커서를 공중에 띄운 후 눈앞의 디스플레이를 살피고 있었다.

뭔가 아직 모르는 기능이 숨어있을지도 모른다는 생각 때문이었다.

거기다가 인벤토리에 가득 차 있는 아이템에 대한 처리

문제도 있었기 때문에 뭔가 방법을 찾아야만 했다.

"흐음."

턱을 긁으며 디스플레이를 살피던 와중 인벤토리 창 아래에 조그마한 별 표시가 있음을 확인하고는 그곳을 커서로 클릭해 보았다.

그러자 새로운 화면이 눈앞에 떴다.

"헉!"

[아이템 상점으로 이동하시겠습니까?]

[YES / NO]

"아이템 상점? 이런 게 있었나?"

유정상의 의아한 표정으로 머리를 긁적이다 곧 YES를 클릭했다.

그러자 곧바로 거실이 눈앞에서 사라지더니 새로운 배경이 나타났다.

중세풍의 건물 실내로 보이는 장소였다.

"이거 어디까지 놀라야 할지 감도 안 오네."

갑작스런 상황에 놀라면서도 호기심 어린 눈으로 실내를 살폈다.

아이템 상점이라더니 확실히 이런저런 물건들이 많이 진열되어 있었다.

알 수 없는 각양각색의 보석들과 각종 병들, 그리고 평범해 보이는 돌들도 보인다.

신기 해 하며 이곳저곳 둘러보고 있는데 안쪽에서 문이 열리며 누군가 허겁지겁 나온다.

금발의 소녀였는데 중세풍의 서민 복장을 하고 있었다.

그런데 한 참 식사 중이었던지 입에 뭔가를 가득 채운채로 오물거리다 유정상을 발견하고는 급하게 꿀꺽 삼켰다.

[어, 어서 오세요. 각성자님. 어떤 거래를 원하시나요?]

"입 주위."

[네?]

여자의 되물음에 유정상이 말없이 자신의 입 주위를 손으로 가리키자 그제야 화들짝 놀라며 허둥지둥 휴지를 찾더니 서둘러 닦고는 다시 표정 관리를 했다.

그리고 다시 차분한 음성으로 물었다.

[어떤 거래를 원하시나요?]

"……."

하지만, 아직 제대로 상황을 이해 못한 유정상이 가만히 주변을 둘러보고만 있자 다시 그녀가 불렀다.

[저기, 각성자님.]

"아! 그, 그래."

정신을 차린 유정상이 금발소녀에게 물었다.

"그런데 말이야. 여긴 실재하는 곳인가?"

황당한 장소와 함께 뜬금없이 금발 소녀가 갑자기 등장했으니 그게 제일 궁금했다.

[여긴, 각성자님의 의식을 기본으로 제작된 곳이에요.]

"그럼, 넌?"

[방금 드렸던 말씀대로 저 역시 그런 존재랍니다.]

"실재하지는 않는다는 건가?"

[그 점에 대해서 설명하자면 조금 복잡하답니다. 설명 드릴까요?]

"됐어. 나도 복잡한건 좋아하지 않으니까. 그리고 별로 중요한 문제도 아니고."

눈앞에 보이는 모든 것이 환상이나 게임이면 어떻고 현실이면 어떤가?

유정상은 이미 과거로 와버린 순간부터 모든 것을 받아들일 수 있을 것 같았다.

그나저나 의식을 기본으로 만들었다면서 소녀가 뭔가를 먹고 있던 상황은 도대체 뭐였을까?

어쨌든 소녀가 피식 웃어 보이더니 다시 물었다.

[각성자님. 어떤 거래를 원하세요?]

"어떤 거래라니?"

[이곳에선 아이템을 구입하시거나, 파실 수 있어요.]

"그럼 내가 가진 거 다 매입해 줄 수 있어?"

[물론이죠.]

"역시 그렇구나."

과연 이렇게 아이템을 처분하는 방법이 없다면 인벤토리를 비울 방법이 없지 않은가? 어쩌면 당연한 기능이기는 하지만, 역시 게임 같은 시스템이라 쉽게 적응이 되지 않았다.

하지만 곧 정신을 차린 후 놀의 가죽이나 꼬리 등을 절반 이상 처분하자 인벤토리의 공간이 2/3가 비었다.

그와 동시에 판매금액으로 525골드가 추가 되자 총 보유 금액은 683골드가 되었다.

역시 골드는 이곳에서 사용이 가능하다는 사실을 알게 되었다.

판매를 마무리 짓자 다시 그녀가 물었다.

[구입하고 싶으신 물건은 없으신가요?]

"응. 그냥 한번 살펴봐도 될까?"

[물론이에요.]

그렇게 대답하자마자 그녀 주위에 몇 개의 새로운 상품이 진열되었다.

"몇 개 없네?"

[각성자님의 레벨로 구입하실 수 있는 이벤트 아이템입니다.]

"레벨이 더 높아진다면 구입할 수 있는 아이템도 늘어난다는 뜻인가?"

[네. 말씀대로에요.]

그녀의 말에 고개를 끄덕인 유정상이 아이템을 살폈다.

보석류가 많았고, 그것들 사이에 특히나 눈에 띄는 것도 있었다.

무식하게 생긴 커다란 검과 붉은색 구슬, 가죽 갑옷 그리고 검은색 큐브가 있었는데 가격이 모두 1,000골드가 넘는다.

현재 보유하고 있는 돈은 모두 683골드.

조금 허탈함에 웃음이 나왔지만 그냥 한번 살펴보기로 했다.

[도살자의 대검]이라는 아이템은 스타일상 건너뛰었다.

붉은색의 구슬은 [화염의 비]라는 것이었는데 공중으로 던지면 한동안 화염의 불꽃이 아래로 쏟아지는 제법 광역 공격에 유용한 물건이었다. 다만, 일회용이라는 걸 생각해 보면 금액이 만만치 않았다.

그다음은 [가죽 갑옷]으로 말 그대로 가죽으로 만든 조끼형의 갑옷이다.

마지막으로 검은색 큐브는 [다크 큐브]로 어둠의 힘을 사용할 수 있게 해준다는 것인데 단점은 그 힘에 지배당할 수 있으니 조심하란다. 그래서 그런지 뭔가 무책임한 아이템처럼 보이기는 했다.

그렇게 그녀 앞에 있는 물건들을 확인하다가 보석류 중에서 눈에 들어온 물건이 있었다.

보랏빛의 보석.

어딘가에서 본 것 같은 기분이라 잠시 동안 생각에 잠겼다.

그리고 그것을 기억해냈다.

"아, 두목 고블린의 목걸이."

[네?]

"아니, 아무것도 아니야."

커서를 가져가 그것을 확인했다.

[에메랄드 마나석]

[몸속의 마나량을 올려준다.]

"에메랄드 마나석? 마나량을 올려준다고?"

[아, 이거 말씀하시는 거군요.]

"여기 설명이 사실이야?"

[그렇습니다. 낮은 단계의 헌터가 흡수하면 상당한 경지까지 오를 수 있게 됩니다. 각성자님의 경우라면 20레벨 정도까지 상승시킬 수 있는 마나량입니다.]

"그럼, 일반 헌터의 등급으로 치면 어느 정도지?"

[아마도 5급 정도까지 상승하리라 예상됩니다.]

"헉, 설마 그런."

그제야 그 고블린이 걸고 있던 보석의 정체를 알게 되었다.

하지만 당시엔 던전 속에서 일어난 대지진으로 혼란스럽던 상태라 챙겨올 정신이 없었다.

그러나 생각하면 할수록 아까운 아이템이었다.

아마도 그런 물건이라면 부르는 게 값일 것이다.

그리고 보니 말단 능력자 시절 저런 물건에 대한 이야기를 얼핏 들어본 것도 같았다.

"아이고, 아까비."

[네?]

"아니, 아무것도 아니야."

지나간 일 따위 후회해봐야 얻을 것은 없다. 그냥 잊어버리는 것이 건강에도 좋다.

"그나저나 에메랄드 마나석의 가격은 얼마지?"

가격표시가 되지 않아 궁금함에 물었다.

"5만 골드에요."

"5만 골드?"

총보유액이 겨우 683골드인데 저 보석 아이템 하나가 5만 골드라니 머리가 띵해져 왔다.

하지만, 지나간 일이다.

역시 잊어야 할 일이었다.

"그, 그럼 다음에 보자구."

[또 들러주세요.]

"응."

아무튼 더 이상 뭔가 특별해 보이는 아이템은 없어서 금발의 소녀와 인사하고 상점을 빠져나왔다.

그리고 다시 디스플레이를 확인하다 683G의 'G' 자를 클릭해 보았다.

혹시나 하며 눌러봤는데 역시 화면이 바뀌었다.

[환전소]

'환전소?'

그리고는 커다란 금고화면의 배경으로 도도한 느낌의 여자가 나타났다.

갈색 정장차림에 검은 뿔테 안경이 도도한 느낌을 주기도 했지만 제법 글래머라 눈이 가는 여자였다.

[각성자님. 연계은행 계좌번호를 작성해 주세요.]

"연계은행?"

[원하시는 금액만큼 이체가 가능합니다.]

"이체? 설마 온라인 이체가 된다고?"

[그렇습니다. 비율은 1골드 당 1만원입니다.]

"헉, 그럼 모두 683만원?"

[그렇습니다.]

"대박!"

[네?]

"아, 아니야."

하지만 골드의 사용처를 안 유정상은 희열에 몸을 부르르 떨었다.

그저 상징성으로만 여겼는데, 상점에서 사용 가능한 것도 모자라 현금으로 환전해주기도 하니 더 이상 좋을 수는 없는 것이다.

곧바로 자신의 계좌를 불러주자 자동으로 화면에 작성되었고 그녀가 등록되었다며 고개를 끄덕인다.

[그럼 은행으로 이체하시겠습니까?]

"아니, 지금은 됐어."

[알겠습니다.]

"그런데 반대도 가능해. 현금을 골드로 만드는 거 말이야."

[그건 불가능합니다.]

결국 죄다 현금으로 바꾸게 되면 다시는 되돌리지 못하게 된다는 뜻이다. 그렇다면 함부로 현금화 시킬 수 없는 일이다.

필요한 아이템이 생겨도 구입을 할 수 없는 상황이 될 수도 있으니 말이다.

그건 그렇고 다시 떠오르는 사실.

"크악, 5만 골드면 5, 5억!"

[네?]

갑자기 다시 떠오른 에메랄드 마나석.

분명 5만 골드짜리라고 했었다.

그런 엄청난 것을 보고도 눈앞에서 놓쳐 버렸으니 한동안 두발 뻗고 잠자기는 다 틀렸다.

곧 축 쳐진 어깨로 시무룩하게 말했다.

"끄응. 오늘은 이정도로 됐으니까 다음에 보자고."

[알겠습니다.]

그녀의 대답을 듣고는 곧바로 화면에서 빠져나왔다.

"허이구, 내 5억! 내가 미쳤지. 내가 미쳤어."

원통한 표정으로 가슴을 후려치고 있었다.

✛ ❖ ✛

골드피닉스 본사 건물의 대표실.

창가의 의자에 앉아 있는 여자는 길드 대표인 박설화였다.

"탄자니아? 아프리카에 있는 그 탄자니아 말이야? 설마 그 '지옥의 문'이라는 그 미궁 던전을 이야기하는 건 아니겠지?"

그녀의 질문에 남동생이자 길드 부대표인 박기형이 소파에 앉은 채로 고개를 끄덕였다.

"누나 말대로 거기가 맞아."

"그러니까 그곳에 있는 미궁 던전을 공략하자고?"

"그래. 우리 골드피닉스가 'TOP 30길드'에 들어가려면 그길 밖에 없어."

박기형의 말에 박설화가 벌떡 자리에서 일어섰다.

"말도 안 돼!"

"내가 조사한 바로는 충분히 도전해볼 만 해."

"우리 역량으론 부족해. '보랏빛 회오리'를 구한 것도 정말 운이 좋았기 때문이었어. 거기다 팀원들도 여럿을 잃어서 지금 길드의 상황이 좋지 않아."

"그래도 길드를 위해서는 그렇게 해야 해."

박기형의 말에 박설화가 미간을 찌푸린 채로 잠시 생각에 잠겼다.

그도 그럴 것이 길드의 지금 상황은 그리 좋지 못하다.

그나마 에메랄드 마나석을 구해온 덕에 어느 정도 희망을 가지고 있는 상황이기는 해도 탄자니아에 있다는 미궁 던전 공략은 그들이 노리기엔 너무 큰 먹이다.

"최근 타 길드에서 영입한 재능 있는 헌터들도 있으니 아마 해볼 만 할 거야."

"네가 그렇다면 맞겠지. 그런데 미궁 던전 공략 계획은 언제야?"

"올해 말쯤."

아직 에메랄드 마나석을 흡수하지는 않았지만 연말이라면 아직 시간이 많이 남았다. 그녀가 5급 헌터로 각성이 끝난 후가 될 것이다.

하지만, 그녀는 그것이 생각만큼 만만치 않다는 것을 어느 정도 알고 있었다.

아무리 자신이 5급으로 각성한다 해도 그곳은 자신들이 넘볼 수 있을 정도는 아니다.

다만, 머리가 좋은 그녀의 동생이 저렇게 자신하는 걸로 보면 뭔가 이유가 있을 것이라고 막연히 생각할 뿐이었다.

물론, 얼마 전 에메랄드 마나석을 얻기 위해서 들어갔던 던전의 경우엔 예상과 너무 달라 실패를 할 뻔 하기는 했지만 말이다.

그런데 그때 그녀의 머릿속에 뭔가 떠오른 생각이 있었다.

"내가 전에 말했던 날 구해준 남자 기억하지?"

"그 염동력의 능력자라는 사람?"

"그래."

"그런데?"

박기형이 의아한 표정으로 물었다.

"그 남자를 영입하는 게 어떨까 싶어."

박설화의 말에 박기형의 미간이 살짝 찌푸려졌다.

"영입?"

"그래. 그리고 '지옥의 문' 공략에 그를 반드시 데려가고 싶어."

"하지만, 겨우 한명이야. 능력도 확인되지 않은 헌터 한 명 추가되었다고 특별히 달라질건 없어"

"넌 몰라. 그 사내. 일반적인 헌터와는 달라."

"누나보다 어려 보인다며. 경험도 부족할거 아냐."

"그렇지 않아. 그 사람, 외모만으로 판단하기엔 뭔가 있어."

"그래봐야 외부인이야. 난 찬성할 수 없어."

박기형은 마음에 들지 않는다는 표정으로 그녀를 바라보았다.

"나 혼자 각성한다고 해서 미궁 던전 공략에 성공한다는 보장은 없어."

"내 분석을 의심한다는 거야?"

"아니, 그런 건 아니지만."

누나인 박설화가 평소와 달리 강한 의지를 보이자 곧 한숨을 쉰 박기형이 고개를 끄덕였다.

"좋아. 그럼 그전에 그 사람에 대한 능력을 확인해 봐야

겠어. 그것이 증명되면 나도 생각해 볼게."

그의 말에 박설화가 관심을 보였다.

"어떻게?"

"이번에 강원도에 몇 달 전 새로 생긴 던전이 있어. 그런데 제법 까다로운 모양이야. 이름 있는 길드 녀석들이 모두 나서고는 있지만, 보스 사냥엔 계속 실패하는 것 같아. 물론 4대천왕의 '포이즌 드래곤' 녀석들이 한 달 전에 이미 보스 사냥에 성공한 곳이야. 그래도 보스를 잡으면 토파즈 마나석이 나온다니까."

토파즈 마나석에 있는 마나량은 6급 헌터로 각성시킬 수 있는 양이었다.

어쨌든 박설화는 그 말에 눈을 빛냈다.

"흐음. 그러니까. 그곳을 일종의 테스트 던전으로 삼아보자?"

"그렇지."

"나쁘지 않은 방법이네."

"그나저나 설득할 자신은 있어?"

"뭐, 시도해봐야지."

"그래. 누나라면 가능하겠지."

❖ ❖ ❖

집을 나선 유정상이 시내로 향했다.

유명한 헌터마켓이 있는 곳이었는데 그곳엔 헌터들이 기본적으로 사용하는 물품들을 전문으로 취급하는 상점들이 모여 있는 장소였다.

버스 노선을 스마트폰으로 검색한 후 그곳을 찾아갔다.

뭔가 오래된 도깨비 시장 같은 풍경이기는 했지만, 정말 헌터 관련 물건들이 즐비했다. 특히나 시장의 지하로 들어가면 각종 고가의 장비들을 판매하는 곳이나 그것을 수리하는 대장간들이 있었다.

미래엔 이런 곳도 굉장히 전문화되어 하나의 도시처럼 번성했지만, 지금은 그 정도는 아니었다. 그러나 그런 것을 감안하더라도 제법 괜찮은 장비들도 많이 보였다.

하지만 오늘은 고가의 장비를 구입하기 위해 온 것이 아니었고 그저 헌터용 슈트와 전용 가방 정도를 확인하기 위해 왔다.

그런데 가게를 둘러보다 보니 그 엄청난 가격에 놀라지 않을 수 없었다.

"120만 원요?"

"네. 이게 그래도 가장 싼 헌터 슈트에요."

정말 그냥 봐도 싸 보이는 슈트였다. 별다른 특징도 없고 재질도 그리 좋아 보이지 않았다. 제대로 몸을 보호해줄 수나 있을지 의문스러운 슈트였다.

"가장 싼 가방은?"

"이건 50만원."

"컥."

미래에 비해 헌터용 물건이 비쌀 거라고 생각했지만 설마 이정도일 줄은 몰랐다. 미래에선 제조 기술의 발달로 훨씬 가볍고 튼튼하며 활동성도 좋은 헌터슈트도 20만원이면 충분했다. 그것도 중급으로 말이다.

가방이야 쓸 만한 중국산으로 사면 10만원이면 됐다.

"다음에 올게요."

너무 비싸다는 생각에 미련 없이 가게를 나섰다.

한 번의 던전사냥으로 200만 원 이상 생기긴 했지만, 싸구려를 사는데 대부분의 돈을 써버린다는 건 있을 수 없는 일이었다.

물론 골드를 환전할 경우 600만 원 이상의 비상금이 있기는 했지만 아직 아이템상점에서 뭔가를 구입하기에도 부족한 금액이었고, 만약을 위해 좀 더 돈을 비축할 필요가 있었으니 무작정 사용할 수는 없는 일이었다.

그래도 어쨌든 헌터 슈트는 구입하고 싶었던 터라 조금 고민에 잠겨 있다가 문득 인벤토리에 많이 있는 물건을 떠올렸다.

'인벤토리의 물건을 팔수는 없나?'

그렇게 생각을 하고는 주변을 두리번거렸다.

시장 근처에 있는 야외 화장실이 보인다.

곧바로 그곳으로 들어갔다. 그리고 비어 있는 칸에 들어가서는 커서를 불러 인벤토리를 열었다. 그리고 그 안에 있던 놀의 가죽과 꼬리를 각각 하나씩 꺼냈다.

그다음 그것을 드래그해서는 두 손 위에 떨어뜨렸다.

툭.

제법 묵직하다.

그나저나 다른 아이템들은 일반 시중에 거래되고 있는 것들이 아니라 문제가 될 가능성이 있으니 외부 유통은 자제해야 한다. 괜히 역추적이라도 당하면 어떤 놈들이 달려들지 모를 일이기 때문이다.

곧바로 그것을 가방에 넣고는 화장실을 나와 팔 만한 가게를 물색했다.

그런데 익숙한 간판이 보였다.

[박가네 만물상점]

혹시나 하는 생각에 가게 안으로 들어서니 역시 안면이 있는 노인이 보였다.

"어서 오슈."

머리가 벗겨진 60대 정도의 노인이 시선을 신문에서 떼지 않은 채로 인사했다.

역시 노인은 미래에 자신의 단골가게 주인장이던 박만호였다.

조금 괴팍한 성격이 특징이긴 했지만, 이쪽 계통의 사람으로는 나름 양심적이었기 때문에 유정상은 그의 단골이었다.

물론 가격으로 가끔 장난을 치는 게 문제기는 해도 친해 두면 손해볼 인물은 아니었다.

왜냐하면 그는 이 계통에 있어서 정보통이나 다름없는 마당발이었기 때문이었다.

이 세계에서 정보란 그만큼 중요한 것이니 당연한 일이다.

어쨌거나 지금의 그는 유정상을 모르는 사람이니 아는 체를 할 수는 없는 일이다.

"여기, 매입도 합니까?"

"뭐, 던전에서 구한 거라면 말이지."

"그럼 이건 어떻습니까?"

놀의 가죽을 꺼내 그것을 노인에게 내밀자 안경너머로 한번 보더니 돋보기로 그것을 살핀다.

"호오. 놀의 가죽이구만. 흐음."

유정상은 말없이 노인의 행동을 지켜보았다.

노인은 이리저리 돌려보더니 고개를 끄덕였다.

"가죽상태가 좋구만. 거기다 가죽을 떼어낸 솜씨가 일품이야. 하지만, 배가죽만 일부 떼어낸 것이군. 전체가죽이었다면 좋았을 텐데."

유정상이 직접 사체를 해체했다면 전체 가죽을 떼어 왔을 테지만, 시간이 많이 걸리는 작업이라 생략한 탓이다.

"어떻습니까?"

유정상의 말에 노인이 슬쩍 그를 안경 너머로 바라보다 곧이어 입을 열었다.

"이게 전부인가?"

"얼마에 매입 하실 겁니까?"

"이거 한 장이라면 30만원, 열 장이 넘는다면 10%를 더 쳐주지."

확실히 가격이 높다.

과거로 오기 전이라면 이정도 크기와 상태라면 대충 5만원 정도였다.

곧이어 놀의 꼬리도 보여주었다.

"이건 어떻죠?"

"놀의 꼬리인가? 흠, 이건 13만, 이것도 10개 이상이면 마찬가지로 10% 더 주겠네."

그 말에 고개를 끄덕이던 유정상이 그것을 다시 가방에 넣으려하자 노인이 입을 열었다.

"다른 가게에 가봐야 더 받기는 힘들걸 세. 내말이 거짓말이라면 내가 불렀던 금액의 두 배를 주지."

저렇게까지 말할 정도면 거짓말은 아닐 것이다.

하지만 유정상은 고개를 가로저으며 말했다.

"아뇨, 나머지 가죽들은 바깥에 있거든요. 곧 그것을 가지고 오겠습니다."

"그런가? 그럼 다녀오게."

그렇게 말하고는 가게에서 튼튼한 검은 비닐봉투 두 장을 얻었다. 그리고 다시 야외 화장실로 들어가 다시 인벤토리를 열어 가죽들을 꺼내 담았다.

놀의 가죽은 모두 23장, 그리고 꼬리는 15개였다.

막상 인벤토리에서 꺼내니 부피나 무게가 만만치 않았다.

그래도 그것을 차곡차곡 담아 곧바로 '박가네 만물상점'으로 들어갔다.

유정상이 봉투에 가득 담아 나타나자 박노인이 눈을 크게 뜨더니 서둘러 그것들을 일일이 확인했다. 그리고는 품질이 모두 일정하고 상태가 최상급임을 확인하고는 기분 좋은 웃음을 터뜨렸다.

"허허허. 이거 최고의 상태로군. 자네 솜씨인가?"

"아뇨, 동업자가 있습니다."

"이거 최고의 솜씨를 가진 사람을 동업자로 뒀군."

"그런가요?"

"그렇네."

"그 친구를 만나 볼 수는 없겠나?"

"아뇨. 그건 힘들 겁니다."

"왜지?"

"그가 원하지 않을 테니까요."

"흐음. 그런가? 아쉽군."

속셈이야 뻔하다.

그는 이런 방면의 최고 기술자들을 그냥 내버려 두는 법이 없었다.

그러나 애초에 존재하지도 않는 사람을 소개해줄 방법이 있을 리 없다.

어쨌든 그는 아쉽다는 듯 입맛을 한 번 다시고는 다시 말을 이었다.

"아무튼 가죽 상태가 일정하다는 건 중요한 것이지. 좋아. 12% 더 쳐주지. 대신 제안을 하나 하겠네."

유정상은 박노인이 무슨 얘기를 할지 짐작하고 있었다.

"앞으로 물건은 전량 내게 보내주게. 그럼 놀의 가죽은 다음거래부터 30만원에서 추가 13%더 쳐주도록 하지. 그리고 다른 물건도 기존 매입 가격에서 그 정도 추가해주겠네. 이 정도라면 다른 가게에선 절대로 받기 힘들 걸세."

독점거래.

박노인의 거래방식이었다.

어쨌거나 과거의 박노인도 미래의 박노인 만큼이나 눈치가 빠른 게 분명했다. 왜냐하면 유정상에게 뭔가 돈의 냄새를 맡았기 때문이다.

유정상 역시도 다른 사람보다는 박노인과 거래를 할 생각이었다. 한참 활동하던 시절에도 박노인 만큼 믿을 수 있는 사람을 만나지 못했기 때문에 굳이 시간을 써가며 다른 사람을 찾고 싶은 마음 따위는 없었기 때문이었다.

곧바로 박노인이 계산기를 두들기더니 991만 2천원을 현금으로 내밀었다.

계산만큼은 정확한 노인네였다.

"현금거래가 최고지. 안 그런가?"

박노인이 내민 현금봉투를 받아 확인해보고는 묵묵히

고개를 끄덕였지만 속으로는 기뻐 날뛰고 있었다.

'아이템 상점에서 파는 것보다 이게 백배 낫잖아? 절반 정도 남기길 잘했지.'

물론 아이템 상점이 간편하고 시간을 절약할 수 있다는 장점이 있기는 했지만, 그래도 이정도의 금액이라면 이곳에서 파는 게 훨씬 나을 것 같았다.

유정상은 갑자기 생긴 거액을 받아들고는 얼떨떨한 기분으로 가게를 나왔다.

그리고는 곧바로 대부분의 돈을 은행에 들러 통장에 넣어두었다.

이제 통장에 든 현금도 천만 원을 넘겼다는 사실에 뭔가 뿌듯한 느낌이 들어 기분 좋게 은행을 나와서는 길거리 붕어빵을 천원어치 사서 먹으며 집으로 향했다.

"아, 꿀맛이구나."

붕어빵을 먹으며 정류장 벤치에 앉아 생각에 빠져들었다.

뜬금없는 커서의 등장, 그리고 그것이 머리에 박히며 과거로 와버린 상황.

모든 것이 혼란스러웠다. 하지만 과거로 온 이상 어머니와 누나를 호강시켜 주고 싶다는 마음만 있었을 뿐 딱히 뭘 어떻게 하겠다는 계획이 전혀 세워지지 않은 상태였다. 그런데 얼떨결에 생겨난 커서 때문에 던전에서 고생을 해버렸다. 그러나 그 덕분에 새로운 능력도 얻게 되었다.

그런데 이 커서의 능력이 생각 이상으로 만능이었고, 그 때문에 돈을 벌 방법도 만들어졌다.

상황이 이쯤 되면 이제 결정을 내려야만 했다.

'이제 내가 어머니랑 누나를 호강시켜 줄 차례다.'

버스 정류장 벤치에 앉아 그렇게 생각하고 있던 유정상의 눈에 하얀색의 독일제 고급 세단이 보인다.

번들거리는 광택으로 주변 사람들의 시선을 잡아끌었다.

'예전엔 저런 차를 엄청 동경했었지.'

예전을 생각하며 피식 웃었다.

하지만, 거친 세월을 살아왔던 지금의 유정상에겐 고급차는 별다른 감흥을 주지 못했다. 거기다 그에게는 과거의 디자인일 뿐이라 촌스럽게만 보일 뿐이었다.

이미 그에게는 수십 년 전의 골동품과 같은 모델이 아닌가?

그런데 그 고급차가 도로변에 차를 멈추었다.

끼익.

멋들어진 하얀색 옷을 입고 선글라스를 낀 중년의 여성이 차에서 내리더니 도도한 걸음으로 도로변 커피숍으로 들어갔다.

분명히 커피숍 전용 주차장이 바로 근처에 버젓이 있는데도 불구하고 저렇게 길가에다 차를 세워놓고 들어가는 모습을 보고는 지나가던 사람들이 혀를 찼다.

거기다 주차한 자리가 건널목이 있는 자리, 이곳은 도로

가 편도 2차선이라 건널목을 이용하는 사람들도 불편을 겪는 모습이 눈에 들어왔다.

몇몇 사람들은 건널목을 건너며 차를 피해 가느라 다른 차들의 시선에 잡히지 않아 조금 위험해 보이기도 했다.

고급세단이 그렇게 한참을 밖에 세워져 있는 바람에 자동차들도 운행에 방해가 되는지 빵빵거리고 피해간다. 그나마도 인도 쪽에 바짝 붙이지도 않아 통행에 더욱 불편을 주고 있었다.

버스를 기다리는 동안 그런 모습을 바라보던 사람들이 무한 이기주의 여자의 모습에 어이없어하며 욕을 해대고 있었다.

그렇게 한참의 시간이 흘렀다.

버스가 어쩐 일인지 오늘따라 뜸하다는 생각에 속으로 투덜거리는 데 또 누군가 이야기하는 소리가 들려왔다.

"저저, 쯧. 무단횡단을 하면서 폰에 머리박고 여유 있게 건너가는 거 봐라. 저러다 사고 나지."

그가 바라보는 방향으로 고개를 돌려보니 교복을 입은 여학생이 스마트폰에 시선을 빼앗긴 채로 귀에는 이어폰까지 끼우고 좌우도 살피지 않으며 무단 횡단으로 길을 건너가는 모습이 눈에 들어왔다.

처음만 대충 좌우 한번 살피고는 느긋한 걸음으로 건너가니 근처에서 보는 사람도 위험을 느낄 정도였다. 하지만 정작 본인은 그런 사실을 전혀 인지하지 못하는 듯 보였다.

"알아서 피해 갈 거라고 생각하는 거지. 쯧쯧."

"스마트폰이 사람 잡겠네. 요즘 저렇게 돌아다니는 사람 너무 많아. 저런 걸로 사고도 많다며?"

"맞아. 어제 뉴스에서도 나왔더라고."

"안전 불감증이지."

"누가 아니래?"

그렇게 사람들이 혀를 차며 이야기한다.

그런데 그때였다.

"잠깐, 어?"

그런데 그 때 빠른 속도로 자동차가 달려오는 게 눈에 들어왔다.

요란한 배기음을 뿌리며 거친 움직임으로 달려왔다.

부아아아앙.

좁은 길임에도 간혹 저렇게 달리는 자동차가 있다.

사람들이 많이 지나는 길인데 일본 만화 흉내를 내는 것인지 저런 미친 짓을 하는 인간들이 간혹 있었다.

그런데 문제는 양아치 차량의 운전자가 여학생을 발견하지 못한 것이다.

그리고 뒤늦게 도로를 건너는 여자애를 발견했다.

빵! 빵!

갑작스런 상황에 놀란 운전자가 경적을 울렸다.

하지만 귀에 꽂혀있는 이어폰 덕분인지 전혀 소리를 듣지 못하고 걸어가는 소녀.

자신에게 어떤 위험이 닥쳐오는지도 전혀 의식하지 않고 있는 듯 보인다.

"어. 어. 어."

근처에 있던 사람들이 곧 있을 끔찍한 사고를 떠올리며 모두 경악하고 있었다.

순간 유정상이 반사적으로 마나를 머리에 집중했다.

그와 동시에 머리에서 커서가 떨어져 나갔다.

팟!

머리에서 떨어져 나간 커서가 허공에 자리를 잡자마자 유정상은 반사적으로 그것을 빠르게 이동시켰다. 마치 모니터 속 커서처럼 빠르게 허공을 가른 커서가 여자에게 다다른다.

끼이이이익!

경적 소리에도 전혀 반응하지 않자 뒤늦게 브레이크를 밟은 자동차.

그러나 이미 달려오던 속도에 의해 바로 서지 못하고 소녀를 향해 미끄러지기 시작했다.

운전자가 급하게 핸들을 꺾었지만 리어부분이 심하게 미끄러지며 회전을 시작하고는 그대로 여학생 쪽을 덮쳐들어 갔다.

그때서야 뭔가 이상한 걸 느꼈는지 고개를 들어 자동차가 오는 방향을 바라보는 소녀.

순간 눈앞에서 벌어지는 일에 그대로 얼어붙어 버린다.

그때 커서가 소녀의 몸에 닿았다.

순간 유정상은 생각할 틈도 없이 커서로 붙잡았다.

도로를 미끄러지며 회전하던 자동차가 소녀를 덮치기 직전. 소녀의 몸이 살짝 떠올랐다.

순간적으로 벌어진 일이라 소녀도 전혀 인지하지 못한 그때.

곧바로 빠른 속도로 자동차를 피해 옆으로 날아가 버렸다.

끼이이이익!

"꺄악!"

빠르게 낮은 높이로 날아가는 소녀가 비명을 질렀다.

쿠웅!

회전하던 자동차가 커피숍 앞에 세워져 있던 흰색의 독일제 고급 세단과 충돌했다.

콰아앙!

강력한 충돌로 인해 부딪쳤던 두 대의 차량 모두가 반파되어버렸다.

"앗! 사고다!"

갑작스런 사고에 사람들이 몰려들었다.

그사이 날아갔던 여자애는 길가 쪽 쓰레기 봉투들이 놓여 있는 곳에 떨어져 약간의 타박상만을 입고는 어안이 벙벙한 모습으로 일어섰다.

방금 자신에게 일어난 일 때문에 제정신이 아닌 것처럼

보였다.

그리고 곧 정신을 차리더니 자신이 쓰레기들 사이에 있다는 사실에 놀랐다. 그리고 자신의 팔꿈치가 찢어진 걸보고는 짜증을 부린다.

"아, 씨."

그러더니 뭔가 주변이 소란스러운 모습을 보고는 잠시 멍해 있다가 자신으로 인한 일이라는 사실을 알고는 서둘러 그 자리를 벗어나 버렸다.

몇몇 사람들은 갑자기 소녀가 날아갔다는 것을 보고 놀라기는 했지만, 근처에서 워낙 큰 충돌음 때문에 관심이 부서진 자동차들 쪽으로 이동해 버렸다.

그때 차가 박살났다는 걸 알게 된 여자가 커피숍에서 나오더니 다리를 동동 구르며 길길이 날뛰는 모습이 눈에 들어왔다.

사람들은 사고로 인해 차에 갇혀 있던 운전자를 살피려 모여들었다.

에어백이 터진 운전석 도어가 열리며 운전자가 내렸다.

이마가 약간 찢어진 탓인지 피가 조금 흐르고 있었다.

그나마 크게 다치지 않은 탓에 정류장에서 바라보던 사람들이 다행이라고 말한다.

하지만 고급 세단의 오너인 여자는 갑작스런 날벼락에 화가 머리 끝까지 올라 운전자에게 다가가 욕을 해대며 소리를 지르는 모습도 보였다.

그런 모습을 지나가던 젊은 사람들과 아이들이 재밌다는 듯 바라보며 휴대폰으로 영상을 찍어대고 있었다.

어쨌거나 사람들은 큰 사고로 이어지지 않았다는 사실에 안도하면서도 고급 세단이 부서진 것을 보고 약간은 통쾌해하고 있었다.

"아까 여자애는 어디 갔지?"

"어? 그러게."

그 날 저녁 TV 뉴스에 그 사건이 짧게 보도되었다.

특히나 근처에 있던 CCTV 영상 때문에 굉장한 관심을 불러 일으켰다.

인터넷에서도 소녀가 미끄러지듯 움직이며 사고를 피해버린 장면이 화제가 되어 수많은 댓글들이 난무했다.

✣ ❖ ✣

저녁에 유정상의 휴대폰이 울렸다.

모르는 번호다.

– 저 박설화에요.

"네?"

– 며칠 전 던전에서 같이 탈출했던…….

그제야 기억을 떠올린 유정상이었다.

"아, 네. 그런데 어쩐 일로……?"

그땐 여자가 분명 연락을 기다리겠다고 말했었다. 그런데 뜬금없이 전화를 해 왔으니 조금 의아했던 것이다.

– 혹시 다른 길드에 들어가셨나요?

"아뇨, 그런 건 아닙니다."

– 그러셨군요.

뭔가 다행이라는 분위기다.

– 이번에 저희 길드에서 공략하려는 던전이 있는데 같이 동참해 주실 수 없을까 해서 전화를 드렸습니다.

"던전 공략요?"

– 네. 공략 던전은 3성급, 인원은 헌터 12명에 짐꾼 18명 입니다.

다짜고짜 전화를 해서는 던전을 공략해야하니 동참하라고 다그치는 듯한 뉘앙스를 풍기니 유정상으로서는 미간이 찌푸려질 수밖에 없었다.

한 길드의 수장으로서 뭔가 의욕이 넘치는 건 이해하지만, 길드원도 아닌데 이런 식으로 전화를 걸어 본인이 하고 싶은 이야기만 해대니 딱히 기분이 좋을 리가 없었던 것이다.

거기다 말단 9급 시절, 유정상 자신은 실제로 3성급 던전 경험은 두 번이었고, 그때마다 많은 희생자를 냈던 터라 3성급 던전에 대한 트라우마 같은 것도 있었기 때문에 거북함도 있었다.

– 사례는 충분히 하겠습니다. 필요하시다면, 구하는 몬스터 사체의 10%를 드릴 수 있습니다.

개인자격으로 참여해 몬스터 사체의 10%를 가진다는 건 특혜나 다름없다. 그러나 지금 유정상은 그런 것에 별로 관심이 없었다.

그런데 박설화의 전화 때문일까. 그때 갑자기 머릿속에 떠오른 생각이 있었다.

"그나저나, 흐음. 물어볼게 있는데."

- ……?

"저기 그때 있잖아요. 거 뭐시냐. 두목 고블린."

- ……!

그 말에 박설화는 심장이 멈추는 것 같은 충격을 받았다.

설마하니 갑자기 그 이야기가 나올 거라고는 전혀 예상을 하지 못하고 있었던 탓이다.

그러나 유정상의 경우엔 그녀의 그런 낌새를 눈치 채지 못했다.

"거, 있잖아요. 목에 걸려있던……."

순간 당황한 박설화가 더듬거렸다.

- 무, 무슨 얘기를 하시려고…….

"저기 그러니까 그때. 거 있잖아요. 두목 녀석 죽이고 우리 탈출할 때 말입니다. 그때는 지진 때문에 경황이 없었는데 말이에요."

- 저도 그 때 일에 대해선 거의 기억나는 게 없어요. 죽을지도 모른다는 생각에 정신도 없기도 했었고.

별달리 자세한 내용을 이야기 한 것도 아닌데 과한 반응을 하니 조금 이상했다.

그러나 곧 뭔가 이해가 되던 유정상이 고개를 끄덕였다.

어쩌면 그때의 기억이 그녀에겐 큰 충격이었을지도 모른다고 생각했기 때문이다.

"그렇군요."

ㅡ 그, 그런데 그건 왜?

"아뇨. 그냥 뭐. 음. 아무것도 아닙니다."

이미 던전과 함께 사라진 아이템이라고 생각한 유정상이 고개를 가로저으며 말했다.

더 이상 미련을 두는 건 병신 같은 일이라고 생각했기 때문이다.

5억이 아깝긴 하지만, 있지도 않은 아이템에 미련을 둘 수는 없는 일이 아닌가.

그러나 그 이야기를 들은 박설화는 유정상의 말을 듣고 패닉에 빠져버렸다.

유정상이 뭔가를 알고 있는 건 아닐까 하는 생각에 가슴이 철렁 내려앉는 기분이 들었던 것이다.

그러나 그런 사정을 모르는 유정상은 그저 천연덕스럽게 말했다.

"아무튼 그 일에 관해서는 관심이 없으니까."

"네?"

"3성 던전 공략요."

"아, 네."

유정상이 말을 돌리자 마음을 차분히 가라앉힌 박설화가 심호흡을 하고 이야기했다.

– 어쨌든 2주 후니까 혹시라도 마음이 바뀌시면 연락주세요.

"별로 그럴 것 같지는 않습니다만."

– 그래도 기다릴게요.

그렇게 전화를 끊고 나서 유정상이 얼굴을 찌푸렸다.

전에도 느꼈지만 제멋대로인 주제에 고집도 센 여자였다.

그 순간 전화 반대편에 있던 박설화의 얼굴은 백지장처럼 하얗게 변해있었다.

❖ ❖ ❖

다음날 유정상은 다시 같은 던전을 찾아갔다.

이틀 만에 찾아간 던전이었지만 여전히 한산한 모습이었다.

사무실 근처의 주차장에는 아마도 직원 출근용 벤으로 보이는 검은색 승합차 한 대만 덩그러니 주차되어 있었다.

위치도 위치겠지만, 아무래도 위험도에 비해 얻을 것이 별로 없는 던전이기도 했기 때문일 것이다.

처음 나타나는 몬스터인 살아있는 선인장의 경우만 해도 사체에서 거의 얻을 것이 없는데 동작은 더럽게 빠르니 하급 헌터들에게는 상대하기가 버거울 것이 틀림없다.

어쨌거나 이런저런 생각을 하며 사무실에 다가가는데 사냥꾼 두 사람이 바깥에서 잡담을 하며 담배를 피우는 모습이 보였다.

아무래도 한가한 탓에 지루했던 모양이었다.

출입구 유리창 너머 그 여자 공무원이 앉아 있는 게 보이자 가볍게 인사를 했다.

"안녕하세요."

"안녕하세요. 오늘도 혼자이신가 봐요?"

그녀가 유정상을 알아보며 인사를 받고는 곧바로 말을 걸어온다.

아마도 혼자 던전을 찾는 사람이 드문 탓일 것이다. 어쩌면 혼자인 주제에 마정석을 많이 가져온 것이 한몫했을 수도 있다.

"아, 네. 혼자가 편해서요. 그런데 이곳은 여전히 한가하네요. 여긴 원래 이렇게 사람이 많이 없나요?"

대충 짐작을 하면서도 그냥 인사말로 물었다.

"뭐, 돈이 안 된다고 하나 봐요. 들어가는 헌터들 숫자에 비해 가져올만한 물건은 많지 않으니까. 누구에게는 그것도 다른 이야기인 것 같지만……."

"그렇군요."

그녀가 말하는 대상이 자신을 가리킨다는 걸 알고는 어색하게 웃어보였다.

그리고 20만원을 결재하고 옆 탈의실에서 옷을 갈아입었다.

이번에도 옷과 개인 물품이 든 가방을 개인 사물함에 넣어두었다.

그렇게 준비를 마무리하고 사무실을 지나 던전으로 들어가려는데 여직원이 말했다.

"이번에도 헌터 슈트를 입지 않고 들어가시네요."

"그게 너무 비싸서……."

"네? 당신 같은 분에겐 별로 비싸지 않을 텐데. 아, 좋은 걸로 구입하시려고 그러시는구나. 하긴, 좋은 건 몇 천에서 1억도 넘어간다니까."

그 말에 흠칫했지만 태연한 척 했다.

설마 그 정도로 비싼 슈트가 있을 거라고는 전혀 예상하지 못한 까닭이었다.

하지만 그녀의 말에 대충 고개를 끄덕여 주고는 곧바로 던전으로 들어갔다.

이미 한번 경험한 던전이라 그런지 벌써 익숙한 풍경이 유정상을 반겼다.

넓게 펼쳐진 시야에 들어오는 황무지 같은 사막의 들판.

그곳 사이사이에 두리번거리며 왔다 갔다 하는 '살아있는 선인장' 일명 '녹형'들의 모습이 눈에 들어왔다.

녀석들이 내어놓는 아이템은 '선인장 연고'가 거의 대부분이긴 하지만, 나름 금화도 제법 나오는데다가 포션도 가끔이지만 나오고 있었으니 무시할 수는 없는 일.

거기다 경험치까지 주고 있으니 단순히 돈이 되고 말고의 문제는 아닌 것이다.

그것들을 돌아보며 향기로운 경험치의 향을 맡고 있는데 갑자기 눈앞에서 글자가 생겨났다.

[미션 발생]

"엥? 뭔 미션?"

갑작스런 상황에 유정상이 당황했다.

처음 겪는 일이다보니 어안이 벙벙했던 것이다.

[던전을 안정화 시켜라.]

[미션을 제대로 해결하지 못할시 던전 폭발이 일어나게 된다.]

[폭발까지 남은시간 50일]

[미션을 수행할 아이템이 주어집니다.]

그리고는 인벤토리에 둥그런 녹색의 구슬이 생겨났다.

[세이브 밤]

[불안정한 에너지를 진정시킨다.]

"뭐? 던전 폭발? 이건 또 뭔 개 같은 소리야?"

황당함 때문에 멍한 얼굴로 그것을 바라보다 다른 설명이 없나 살펴봤지만 아무것도 보이지 않았다.

"이게 뭐야? 미션은 또 뭐냐고."

아이템을 보면서도 무슨상황인지 금방 이해가 되지 않았다.

안정화는 뭐고 세이브 밤이라는 아이템은 도대체 무엇인지 도무지 갈피를 잡을 수 없었다.

잠시동안 투덜거리다 곧 근처로 놈들이 다가오는 모습을 보고는 일단 이 문제는 제쳐두었다.

퍽!

한 마리가 평소처럼 유정상의 커서에 의해 땅바닥에 매다 꽂혔다.

"끼우우우우!"

놈들이 해괴한 비명을 지르며 순식간에 죽어버리고는 몇 개의 금화와 연고를 흘렸다.

순식간에 그것들을 클릭해 입수한 후 곧바로 빠르게 커서를 놈의 창으로 움직여 다른 녀석들을 뚫었다.

소모용으로 인벤토리에 넣어둔 것들이라 부서지면 다시 새로 꺼내면 되는 것이다.

그렇게 수십여 마리의 녹형들을 사냥하고 적당한 돌 위에 자리를 잡았다. 그리고는 작은 가방에서 편의점에서 사온 음료수와 삼각 김밥을 꺼내 먹었다.

미래에도 늘 먹던 거라 가장 익숙한 음식이다.

하지만 예전 팀원들과 함께 던전에서 몬스터를 사냥하던 때라면 이런 여유는 꿈도 꿀 수 없는 일이었다.

언제 어디서 튀어 나올지 모르는 몬스터들을 경계하며 늘 긴장 상태로 음식을 먹었고, 그것도 냄새가 퍼질까봐 비옷을 뒤집어쓰고 먹었던 때도 많았다.

'그 때에 비하면 지금은 공원 나들이 정도지.'

사방을 둘러보니 근처에 있던 모든 녹형들이 바닥에 쓰러져 있었고, 움직이는 몬스터는 먼 곳에서 간간히 보이는 놀이나 사막흑여우 정도였다.

사방이 트인 곳에 자리를 잡은 탓에 몬스터가 나타난다면 바로 대응할 수 있었다.

물론 비상 알람을 울리는 커서가 있으니 더 안심이다.

'그나저나 미션이라니, 도대체 이걸 어쩌라는 거야? 던전폭발은 또 뭐고.'

골똘히 생각을 해봐도 던전을 안정화 시킨다는 뜻이 무엇인지 알 수가 없었다. 어쨌거나 이 '세이브 밤'이라는 아이템을 사용하면 된다는 말은 이해를 했다.

'뭐, 50일이 남았으니까. 천천히 생각해보면 되겠지.'

그렇게 잡념에 쌓인 채 삼각 김밥을 다 먹고 손가락을 쪽쪽 빨고 있는데 공중부양 중이던 커서가 갑자기 부르르 떨며 경고성을 울린다.

[경고. 경고. 몬스터 출현]

"응?"

깜짝 놀란 유정상이 사방을 둘러봤지만 보이는 건 없었다.

하지만 커서가 경고를 보낸 이상 뭔가 감지된 건 틀림없을 것이다.

일단 머리를 들어 하늘을 살펴봤다.

하지만, 여전히 발견되는 몬스터는 없다. 기껏해야 사막참새 정도만 몇 마리 보였을 뿐이었다. 물론 이런 놈들도 몬스터가 맞지만, 기본적으로 위협이 될 만한 놈들에 대해서만 경고를 한다는 건 잘 알고 있었기 때문에 사막참새는 아니다.

'땅속인가?'

땅속이라면 알려지지 않은 몬스터도 많이 존재했고, 이미 알려진 것도 상당한 터라 가장 의심되는 건 이쪽이었다.

그리고 그때.

유정상이 앉아있던 커다란 바위 근처의 흙바닥이 꿀렁거렸다.

그리고는 흙무더기가 생겨나더니 바위 근처를 맴돌기 시작했다.

크기가 그렇게 크지는 않았기에 조금 안심하고 있었는데 그 사이 다시 여러 개의 흙무더기가 생겨났다.

곧바로 유정상이 커서를 그곳으로 가져가 하나의 흙무더기 지정하고는 클릭하며 강제로 끌어올렸다.

퍼억.

"찌이이이이!"

그 순간 흙속을 뚫고 나온 물체가 바닥위에 떨어지더니 데굴거리며 기이한 울음소리를 내었다.

'모래공벌레.'

몬스터를 확인하며 빠르게 커서를 몸 위에 가져갔다.

[이름: 모래공벌레]

[레벨: 2]

[공격력: 30]

[방어력: 35]

[생명력: 135/145]

[힘: 23]

[민첩: 19]

[체력: 60]

[지능: 4]

겉모습은 공벌레를 닮았지만, 여러 개가 달린 발은 땅을 파기 쉽게 곡괭이 모양으로 되어있는 녀석으로 크기는 네다섯 살 아이 정도였다.

하지만 모래공벌레는 다수로 움직이는 녀석들이니 만큼

한 마리가 발견된 이상 근처에 최소 십여 마리 이상은 있을 것이 분명했다.

곧바로 인벤토리를 열어 놀의 손도끼를 커서로 꺼내고는 바깥에 튀어나온 모래공벌레의 몸통을 찍어버렸다.

"찌이이이이!"

모래공벌레가 비명을 지르며 퍼런 거품을 뿜더니 죽어버린다.

그리고는 곧바로 금화 몇 개와 함께 [금수생 씨앗]을 한 개 떨어뜨렸다.

[확인불가]라는 애매한 글을 봤지만, 다른 놈들도 사방에서 나타나기 시작하자 일단 입수만 해두었다.

그리고 모래공벌레의 몸에 박힌 손도끼가 한 방만으로 못 쓰게 되어 버리자 다시 인벤토리를 열어 놀의 낡은 창을 꺼내 다시 놈들이 이동하는 방향을 확인하며 바닥에 꽂았다.

그러자 몇 마리가 비명을 지르며 죽었고 그 자리에 금화와 함께 자그마한 마정석이 생겨나기도 했다.

그런데 놈들의 시체 사이에 검은 공 모양의 물건들도 몇 개 떨어져 있었다.

[모래 폭탄]

[모래공벌레의 다리에서 생성되는 생체 화약을 모아 만들어낸 물건으로 반경 3미터 이내에 강력한 충격을 발생시킨다.]

"헐. 별거 다 있네."

던전에서의 생활이야 어느 정도 익숙하다고 할 수 있었지만, 이놈의 아이템은 적응하기가 버거울 정도로 새로운 것이 계속 등장한다.

그런데 모래공벌레들의 숫자가 기이할 정도로 많아지고 있었다.

어느덧 사방에 나타난 모래공벌레로 인해 주변에 있던 놈들도 흩어져 달아나고 있었다.

당연하게도 바닥에 저렇게 많은 벌레들이 떼로 움직이니 두렵기도 했을 것이다.

하지만 유정상에겐 그저 물 반, 고기 반, 아니 모래 반, 몬스터 반의 상황이라 가지고 있던 무기들을 사용해 모래공벌레들을 사냥하기 시작했다.

놈의 썩은 무기들을 몽땅 털어 흙무덤을 만들며 이동하는 놈들에게 공격을 가했다.

그리고 그것들이 다 떨어지면 녀석들이 떨어뜨린 단검이나 주변에 있는 돌까지 이용하며 마구 사냥했다.

그렇게 정신없이 사냥하고 있던 그때 땅이 흔들렸다.

쿠르르르르.

"젠장, 또 지진이냐?"

흔하지도 않은 던전 지진을 또 경험하자 황당해하는데 그때 커서가 떨어대며 경고했다.

[경고. 몬스터 출현!]

"지진이 아니고 몬스터라고?"

쿠아아아아아.

모래바닥이 갑자기 꿀렁하는가 했더니 엄청난 양의 흙은 사방에 뿌리며 위로 솟구쳤다.

그리고 그 충격으로 인해 몇 마리의 모래공벌레들이 공중으로 튕겨져 올랐다.

"찌이이이!"

버둥거리며 공중으로 날아오르는 서너 마리의 모래공벌레들.

"뭐야!"

그와 동시에 뭔가 엄청난 크기의 물체가 땅속에서 불쑥 튀어나오더니 허공에서 버둥거리던 모래공벌레 한 마리를 단번에 덥석 삼켜버렸다.

그리고는 곧바로 튀어나왔던 그 구덩이 속으로 다시 삽시간에 사라져버렸다.

얼핏 봐도 크기가 소형 자동차 크기는 되어보였고 둥근 형태에 표면은 짙은 갈색의 벌레 같은 모습이었지만 그것이 정확히 무엇이었는지는 확인하지 못했다.

하지만, 곧이어 다시 땅이 울리며 폭발이 있었고, 이번에도 모래공벌레들이 사방으로 튀어 오른다. 역시나, 놈이 모습을 드러내며 솟아오른다.

그때 빠르게 커서를 이동시켜 놈을 확인했다.

[이름: 막장굼벵이]

[레벨: 6]

[공격력: 150]

[방어력: 190]

[생명력: 1350/1350]

[힘: 70]

[민첩: 23]

[체력: 120]

[지능: 5]

"이런 놈이 어째서 1성급 던전에 있냐고."

1성급 던전에서 나오기엔 말도 안 될 정도로 강한 녀석이 분명했다. 하지만 유정상은 여러 번 커서를 이용한 전투를 해온 덕분에 나름 능숙해져 있었으니 특별히 두려워하지는 않고 있었다.

유정상의 입꼬리가 살짝 올라갔다.

"그래. 가끔은 저런 녀석도 나와 줘야지."

주변에서 쾅쾅 거리며 모래공벌레들이 하늘로 튀어 오르는 모습을 바라보며 유정상이 피식 웃었다. 그리고는 곧바로 인벤토리를 열었다.

그리고는 놀의 기다란 창 하나를 꺼내고는 사방을 살피기 시작했다.

이제는 레벨이 오르고 나니 땅속의 기운이 미약하게나마 조금씩 느껴지고 있었다.

그렇게 날카롭게 주변을 살피던 중 에너지가 집중되는 곳을 확인했다.

"저기다."

콰아앙!

다시 모래공벌레들이 하늘로 튀어 올랐다.

커서로 폭발이 일어나는 곳을 향해 놀의 창을 가져갔다.

그리고 빠르게 솟아오르는 검붉은 커다란 생명체에게 창을 내리꽂았다.

타앙!

그러나 강력한 외피에 의해 튕겨지며 박살이 나버렸다.

하지만, 막장굼벵이도 창의 충격에서 완전히 벗어나지는 못했던지 튀어 오르다 창과 부딪치면서 비명을 질렀다.

"끼이이이이!"

쿠웅.

바닥에 떨어진 막장굼벵이가 땅속으로 들어가지도 못한 채 고통에 몸을 데굴거렸다.

표면상으로는 별다른 피해가 보이지 않았지만, 겉보기와 달리 충격에 의한 고통이 만만치 않았던 것이다.

그런데 놈이 유정상을 발견하고는 입에서 뭔가를 뱉었다.

푸핫.

유정상에게 날아든 녹색의 액체.

그러나 본능적으로 몸을 틀어 그것을 피해냈다.

그러나 완전히 피해내지는 못했다.

푸쉭.

"크아악!"

고통에 소리를 지른 유정상.

허리 쪽에 살짝 스쳤다고 생각했는데 액체로 인해 옷이 녹아내리며 피부가 벗겨지며 살을 파고들었다.

하지만 고통에 몸부림을 치고 있을 틈이 없었다.

이대로 놈에게 시간을 주게 되면 위험해질 것이 분명하기 때문이다.

곧바로 이를 악물고는 인벤토리를 열어 모래폭탄을 꺼내어 놈의 몸 위에 가져가 그것을 실행시켰다. 그러자 곧바로 강렬한 빛과 함께 폭발을 일으키며 순식간에 화염에 휩싸인 막장굼벵이가 뒤집힌 채로 발버둥을 쳤다.

"꾸이이이이이이!"

하지만 비명을 지르고 있음에도 생명력이 1250이상 남아있음을 커서로 확인했다.

곧바로 다시 놀의 썩은 칼을 커서로 옮겨 그것으로 뒤집혀 있던 놈의 배에 때려 박았다.

타아앙!

역시나 유리조각처럼 부서져 나가는 칼.

막장굼벵이의 가장 약한 부위가 아래 배 쪽 부분인 것을 감안해 보면 이놈이 얼마나 단단한 놈인지 알만했다.

그나마 놈이 계속 뒤집힌 채로 발버둥을 치는 이 순간을 놓치면 배를 드러낼 기회가 또 없을지도 모른다.

바닥에 모래공벌레를 사냥하던 놈의 무기를 커서로 뽑아 들고는 하늘에서 폭격하듯 내리꽂았다.

타앙. 타앙. 탕. 탕.

놈의 몸과 부딪치는 족족 부셔지거나 튕겨나가고는 있었지만, 간간히 박히는 것들도 서서히 생겨났다.

그에 따라 막장굼벵이의 발버둥도 더 요란해졌다.

"끼우우우우우!"

어느샌가 모래 흙바닥에 널려 있던 놈의 썩은 무기들이 죄다 사용되어 버렸음을 확인했다. 그것을 확인하고 다시 인벤토리를 열어 그동안 잘 사용하지 않던 지옥늑대의 본 소드를 꺼냈다.

레벨이 낮은 무기기는 하지만, 막장굼벵이의 상태가 최악이 되어 있는 지금이라면 결정타가 되어 줄 것이다.

곧바로 본소드를 놈의 목 부분(정확하게 확인은 어렵지만)에 박아 넣었다.

"끼우이이이이!"

유리라도 깨져 나가버릴 것 같은 하이 톤의 비명 소리가 울려 퍼졌고, 그 소리에 놀란 모래공벌레들이 사방으로 흩어지며 달아나버렸다.

유정상 역시도 신경을 긁어내는 듯한 고음에 얼굴을 잔뜩 찡그리고는 양쪽 귀를 틀어막았다.

곧 요란스럽게 버둥거리던 막장굼벵이가 움직임을 멈추더니 이내 축 늘어져 버렸다.

"헉. 헉."

숨을 헐떡이던 유정상이 커서로 선인장 연고를 꺼내 허리에 바른다.

푸쉬쉬.

"크윽."

상처 부위에서 연기가 피어올랐고 고통도 심했지만 곧 상처가 아물었다.

과연 대단한 치료제라고 생각하고는 몇 개는 주머니에도 넣어뒀다. 커서를 바쁘게 사용할 땐 간혹 이런 것까지 꺼낼 여유가 없을 때를 대비하기 위해서였다.

후두둑.

막장굼벵이의 목숨이 끊어졌는지 놈의 곁에 돈주머니 몇 자루와 귀환석, 그리고 자그마한 푸른색의 반투명 반지가 생성되었다.

[이네크의 반지]

[전설의 주먹왕 이네크가 착용하던 반지로 그의 힘이 깃들어 있다. 근접 타격하면 강한 파워를 발휘한다. 원거리 사용도 가능하다.]

[옵션: 공격력을 180 올려준다.]

"엇, 원거리 공격도 가능하다고?"

안 그래도 커서를 지원하는 원거리 공격 무기를 가지고 있지 못하다는 사실이 마음에 걸렸었다. 물론 정확한 성능은 알지 못하지만 원거리 공격이 가능하다면 좋은 무기가 되어줄 것이다.

곧바로 이네크의 반지를 입수한 후 자신의 오른손 중지에 장착시켰다.

푸른색의 영롱한 빛깔, 은은함을 주는 신비로운 빛이 손 주위에 퍼져나갔다.

오른손에 에너지가 넘치고 있음이 실시간으로 느껴진다.

귀환석을 입수한 후 곧바로 던전을 나갈까 고민하다 실험 삼아 근처로 다가오던 놀에게 주먹을 휘둘러보았다.

파앙!

오른손에서 강력한 풍압이 발생하며 놀에게 날아갔다.

펑!

"깨갱!"

놀이 한방에 나가떨어졌다. 비록 죽지는 않았지만 빈사상태에 빠지고 말았다.

비록 한순간에 마나 1/3을 왕창 잡아먹어버렸지만 거리까지 생각하면 충분히 굉장한 아이템이었다.

일단 사냥은 이정도로 마무리하고 커서로 본소드를 이용해 막장굼벵이를 해체하기 시작했다.

그동안 던전 밖에서도 틈틈이 커서의 움직임을 훈련한 탓에 커서로 해체 작업이 가능할 수 있었다. 물론 시야가 닿지 않는 곳은 나중에 따로 작업을 했고, 조금 정밀하게 해야 할 부분은 직접 손으로 작업했다.

덩치가 만만치 않기는 했지만 커서의 도움으로 빨리 마무리 할 수 있었다. 어쨌든 내용물은 별로 필요 없는 관계로 껍데기만 분리해내니 그럭저럭 끌고 갈만했다.

나무줄기를 이용해 그것을 단단히 묶은 채로 인벤토리에 넣으려고 했지만, 크기 제한에 걸려 들어가지 못했다. 아무래도 크기가 제법 컸으니 그럴 만도 했지만, 그래도 이런 건 좋은 재료라 버릴 수는 없는 일이다.

귀환석으로 던전 출구 게이트를 열었다.

막장굼벵이의 껍데기를 낑낑대며 끌고 나오자 사무실에 있던 여직원의 눈이 동그랗게 떠졌다.

처음 보는 물건을 가지고 나오니 신기했던 모양이었다.

옆 칸에 있던 두 명의 사냥꾼들도 그 모습이 신기한지 담배를 뻐끔거리며 바라본다.

"그게 뭐예요? 한 번도 그런 부산물을 가지고 나오는 사람들은 없었는데."

여직원이 눈을 동그랗게 뜨고는 물었다.

"벌레 껍질이에요. 잘 나오지 않는 녀석인데 운이 좋았죠."

"부산물 매입자 불러드릴까요?"

"아뇨. 그냥 1톤 트럭 한 대만 불러주세요."

"직접 파실 건가요?"

"네. 아는 가게가 있거든요."

[박가네 만물상점]의 주인인 박노인에게 팔 생각이었다. 그 노인이 취급하지 않는 물건은 거의 없다는 걸 잘 알고 있던 터라 직접 가져다 줄 생각이었다.

화물 기사를 불러봐야 몇 만 원 정도면 되는지라 굳이 중간 매입자들에게 싸게 팔 생각 따윈 없었다.

미래에서도 웬만한 부산물은 직접 가져다 팔곤 했었다. 물론 이놈의 지금 시세가 정확히 어떤지 모르지만 말이다.

여직원이 화물 기사를 부른 사이 이번에도 던전에서 획득한 작은 마정석을 네 개를 계산해 돈이 입금되는 것을 폰으로 확인하고 나서 탈의실로 향했다.

대충 씻고 옷으로 갈아입고 나니 밖에서 트럭소리가 들려왔다.

1톤 트럭이 나타나자 인상 좋은 영감님이 운전석에서 내려 인사했다.

"트럭 한 돈짜리 불렀지요?"

"네. 이 쪽 분."

여직원이 유정상을 가리켰다.

"이놈이 그 물건인감요."

"네."

"허허 이게 말로만 듣던 그 몬스터인가 뭔가 하는 놈의 부산물인갑네."

그렇게 말한 영감님이 손으로 껍질의 표면을 톡톡 두들겨본다.

텅. 텅.

"캬아, 완전 철판이네 철판."

"철판보다 더 강할 겁니다."

"몬스터란 놈들이 신기한 동물인갑소. 늘 방송에서 몬스터, 몬스터 떠드는 건 봤어도 직접 이렇게 껍데기를 보니 신기하요."

"신기하죠. 이제까지 없던 동물들이니."

그렇게 이야기를 나누며 두 사람은 막장굼벵이의 껍데기를 같이 들고 트럭에 실었다. 그리고 짐칸 위에 올라간 기사님이 화물차 덮개, 일명 갑바로 부르는 것으로 잘 싸서 단단히 묶은 뒤 깔깔이로 고정시켰다.

그것을 확인하고 조수석에 올라탄 유정상이 기사영감님에게 방향을 일러주자 곧바로 출발했다.

"이게 뭔가?"

트럭 갑바에 둘둘 말려 있는 물건의 정체를 알지 못한 박 노인이 밖으로 나와 뒷짐을 지고는 궁금한 표정으로 물었다.

"막장굼벵이 껍질입니다."

"뭐? 정말인가?"

박노인이 제법 놀랐는지 큰소리로 물었다.

그도 그럴 것이 막장굼벵이라는 놈이 그리 쉽게 잡히는 놈이 아니었기 때문에 당연한 반응이었다.

레벨은 둘째치고라도 땅속에 산다는 특징 때문에 보기도 쉽지 않은 녀석이었다.

하지만 막장굼벵이의 껍데기는 상당한 강도를 지닌 데다가 특유의 에너지장이 발생하므로 군사 목적의 방탄복이나 장갑차의 표면, 그리고 우주항공 산업에 이르기까지 두루 쓰이는 굉장히 귀하신 몸이었기 때문에 수요는 넘치지만 공급이 절대적으로 부족했다.

기사노인이 트럭의 짐칸에 올라가 끌어내리자 유정상이 그를 도와 같이 바닥에 내려놓았다.

박노인이 빠르게 다가오더니 갑바를 걷어보라고 손짓하며 재촉했다.

기사노인이 그것을 풀어헤치자 막장굼벵이의 번들거리는 껍질이 드러났다.

"이거 상태가 굉장히 좋구만."

박노인이 만족스러운 표정으로 껍질을 살피는 사이 주변에서 사람들이 모여들었다.

쉽게 보기 힘든 막장굼벵이의 껍질이 사람들의 관심을 끈 것이다.

개 중엔 그것의 정체를 알아보는 이도 제법 있었다.

"막장굼벵이 껍질인가? 상태가 양호한 걸. 저 정도면 값이 꽤 나갈 것 같은데 말이야."

"박영감이 계약한 물건인가?"

"나랑 계약하지. 박영감이 부른 가격에 무조건 10%를 더 쳐주지."

"무슨 헛소리야. 아직 가격협상도 안했구만. 그리고 이친구는 앞으로 나와 거래하기로 약조된 사람이라고. 씨도 안 먹힐 개소리는 딴 대 가서 하게."

"어이쿠. 말하는 꼬락서니하고는."

"박영감 큰 거래처 물었구먼. 도대체 어디 길드야?"

아무래도 주변 몇 사람은 박노인과 친분이 있는 사람들로 보였다.

그런 사람들의 부러움을 받으며 막장굼벵이 껍질을 기사노인과 함께 가게로 들였다.

몇몇의 친분이 있는 사람들이 가게로 들어오려 했지만 박노인이 그들을 쫓아내고는 문을 완전히 잠가버렸다.

그리고는 다시 막장굼벵이의 껍질을 살펴보며 유정상에게 말했다.

"자네 평범한 각성자가 아니라는 건 알았지만, 이렇게 엄청난 놈을 잡을 거라고는 생각도 못했는데 말이야. 자네 팀도 굉장한 실력인가보군."

혼자서 잡았을 거라고는 절대 예상하지 못했을 것이다.

"운이 좋았습니다."

"이런 놈이 단순히 운이 좋다고 잡힐 정도로 허술하거나 만만한 게 아닌데 말일세."

"모래공벌레가 대량으로 나타났거든요."

"모래공벌레?"

"네."

"모래공벌레가 대량으로 나타났다니 확실한 건가?"

뭔가 박노인의 눈치가 이상해서 유정상이 물었다.

"왜 그러십니까?"

"흐음."

박노인이 미간을 잔뜩 찌푸린 채 고민에 잠겼다.

그리고는 다시 입을 열었다.

"그렇군. 모래공벌레가 대량으로 지상에 나타났으니 그놈들을 가장 좋아하는 막장굼벵이가 지상으로 튀어나왔다는 거겠지."

"모래공벌레가 이전에도 대량 발생한 일이 있었습니까?"

유정상의 경우 20년 가까이 던전경험을 가졌다고는 해도 결국 말단의 현장경험에 지나지 않았다. 거기다 접하는 던전이나 몬스터도 최고 하위등급이라 조금만 윗 등급 몬스터만 해도 대부분 얻어들은 정보가 다였다.

그러나 박노인의 경우는 좀 달랐다.

이 양반이 보기는 이렇게 옆집 노인네처럼 생겼어도 발이 워낙 넓은 탓인지 수많은 정보를 취급하는 사람이다. 그의 다른 별명이 '정보 상인'이라는 걸 생각해보면 당연하다. 물론 그 사실은 유정상이 박노인과 오랫동안 거래한 덕분에 알게 된 것이지만 말이다.

물론 그래서 유정상이 다시 이 노인과 거래를 시작한 것이고.

"모래공벌레가 대량 발생하는 조건은 보통 두 가지일세. 일반적인 경우는 단순한 거주지 이동이지. 이런 경우라면 크게 문제될 것이 없지 그저 단순한 자연현상이니까 말일세. 하지만 다른 경우라면……."

"다른 경우요?"

"……."

잠시 말을 멈추고 미간을 잔뜩 찌푸리고 나서는 곧 다시 말을 이었다.

"만약에라도 다른 경우라면 그 던전은 그냥 포기하는 게 좋을 거야."

"어째서죠?"

"던전의 핵이 깨진 상황일지도 모르니까."

"던전의 핵이라니 설마?"

박노인의 말에 언젠가 들었던 이야기가 떠올랐다.

던전의 핵이란 기본적으로 던전이라는 세계를 지탱해주는 중심 에너지가 뭉쳐 있는 곳이다.

보통은 지하 깊숙이 묻혀 있는 탓에 일반적으로 발견한다는 건 거의 불가능에 가깝다. 왜냐하면 그 핵의 위치를 알아낼 방법이 미래라면 몰라도 현재로서는 전무하기 때문이다.

하지만, 인간과 달리 던전의 핵에 민감하게 반응하는 몬스터가 간혹 있는데, 보통 지하에 사는 몬스터들이다. 그중에서도 모래공벌레가 던전의 핵 에너지에 민감하게 반응해 뭔가 이상이 생기면 본능적으로 대규모 이동을 하게 된다.

던전의 핵은 보통 어지간해서는 문제를 일으키지 않는다. 그런데 만약 던전의 핵이 박노인의 말대로라면 중대한 문제가 발생하게 된다.

그 문제는 바로 강력한 폭발과 함께 생기는 '몬스터 웨이브'다.

"자네도 알고 있는 눈치구만, 놀랍군. 아는 사람이 별로 없을 텐데 말이야. 확실히 자네는 나이답지 않게 애송이가 아니야."

그의 말대로 지금의 시대엔 그런 사실을 알고 있는 사람이 그리 많지 않을 것이다. 앞으로 10년 정도 더 지나야만 이런 정보에 대해 조금씩 알려지는데, 그 계기가 되는 사건이 발생하기 때문이었다.

2026년 체코의 트르제비치에서 대규모 '몬스터 웨이브'가 발생했는데 그 때문에 반경 10킬로미터가 초토화되었고, 몬스터들이 대거 출몰하게 되면서 수십만 명의 인명 피해가 생겼다.

그 사건 이후 이 문제가 세계적으로 공론화되었고 그로

인해 '세계헌터관리연합'은 몬스터 웨이브가 발생할 가능성이 있는 던전에 대해서는 특별한 관리를 시작하게 된다.

전 세계의 모든 역량이 총동원되어 던전의 핵을 찾는 기술들을 개발하게 되었고 이듬해부터 성과를 내기 시작해 결국 5년 만에 완벽한 감지 장치를 개발하게 된다.

물론 개발비가 엄청났던 탓에 처음엔 국제단체나 국가에서만 사용할 정도였지만 차차 기술이 발전하면서 제법 큰 길드라면 대부분 보유하게 되었다.

어쨌든 그 이후로는 '몬스터 웨이브'가 거의 일어나지 않게 되어 몬스터 웨이브에 자유로워졌다.

하지만, 아직은 몬스터 웨이브 자체가 거의 알려지지 않은 상황이었으니 이 노인네가 얼마나 대단한 정보를 접하고 있는지 예상이 되었다.

"그 던전은 그냥 잊어버리게. 잘못하면 폭발에 휩쓸리게 되거나 영영 던전에서 못 빠져 나올 수도 있으니까."

하지만 결정적으로 박노인이 모르고 있는 사실이 있었다.

지금 시대의 정보로는 체코에서 있었던 대규모 폭발은 미래의 일.

당연하게도 그러한 경험이 현재로서는 전혀 없었으므로 그 정도의 대사건이 발생할 수도 있다는 걸 누구도 예상하지 못하고 있다는 것이다.

아마도 세계에서 간간히 발생했던 자그마한 폭발과 함께 몇 마리 정도만 튀어나온 사건이 전부였고 그나마 한국에서는 던전 파괴 정도에서 마무리 되고 있었으니 그 정도로만 예상하고 있었을 것이다.

하지만, 던전의 핵이 얼마나 강하냐에 따라 어떤 결과가 생길지 모르는 터라 방심할 수 없는 일인 것이다.

비록 과거에 그런 폭발이 있었던 건 아니지만, 자신이 과거로 회귀하면서 조금이라도 시공에 영향을 줬다면 알 수 없는 일이다.

나비효과처럼 자신으로 인해 자그마한 변화라도 생겼다면 그것이 원인이 되어 과거에 변화가 생겼는지도 모를 일이다.

물론 최악의 경우를 상정한 경우라 조금 억지스럽게 확대해석한 것일지도 모르지만 말이다.

아무튼 그 문제에 대해서는 다시 생각해볼 일이었고, 지금은 그보다 중요한 문제가 있었다.

박노인과의 흥정.

"3,500만원."

"흡."

순간 박노인의 말에 숨을 삼켰다.

설마하니 이렇게 거금을 부를 거라고는 전혀 예상하지 못한 탓이다.

미래의 가치에 비해 높은 금액이라 더더욱 그랬다.

유정상이 잔뜩 미간을 좁히고는 생각에 잠겼다.

박노인의 이런 모습이 처음이 아니었다는 걸 떠올렸기 때문이다.

그런데 그 모습이 박노인에게는 유정상이 가격을 별로 탐탁지 않게 여기는 걸로 보였는지 마른 입술을 한번 핥고 는 곧바로 입을 열었다.

"3,500만원이면 나쁘지 않은 금액이야. 다른 가게에서 는 3,000만 원 정도가 한계일거야."

"……."

하지만 유정상이 아무 말 없이 그를 바라보고만 있자 조 금 초조해진 표정이다.

무심한 눈빛으로 자신을 바라보는 모습에 곧 박노인이 다시 입을 열었다.

"자네도 정말 징그러운 친구군. 좋아. 3,700만. 더 이상 은 안 돼."

"……."

"거참, 젊은 사람이 욕심은."

하지만 박노인의 행동을 보고 뭔가 알 것 같은 기분이었 다. 박노인과의 흥정은 익숙했기 때문에 충분히 더 받을 수 있다는 사실을 눈치 챘다.

"조금만 더 쓰시죠."

"에잉. 4천! 진짜. 진짜. 더 이상은 안 돼!"

그의 단호한 말에 유정상이 잠시 그를 바라보다 입을 열 었다.

"6천!"

"뭐라고? 그런 말도 안 되는……."

"충분히 그 정도 가치는 할 거라 생각합니다만."

"무슨 소리."

격한 반응에도 유정상은 꿈쩍하지 않았다.

"······."

"젠장, 5천5백. 정말 더 이상은 안 돼. 나도 먹고는 살아야지."

박영감이 떨떠름한 표정을 짓고 있는 모습을 보며 유정상이 피식 웃었다.

그의 말을 액면 그대로 믿을 만큼 유정상은 바보가 아니었다.

모르긴 몰라도 막장굼벵이의 껍질이 급하게 필요한 곳이 있는 게 분명했다. 가격이야 알 수는 없지만 아마도 엄청 남겨 먹을 것이다.

하지만 다른 곳에서 판다면 처음 박노인의 말대로 시세가 3천 정도가 한계일 것이고 그런 곳에 팔아봐야 유정상도 좋을 게 없다.

"6천이면 제가 많이 양보한 겁니다."

"야, 양보라니. 이 가격이라면 다른 곳에선 불가능한 가격이야. 자네 너무 억지를 부리고 있어."

"그렇습니까. 그럼 다른 가게를 알아보도록 하죠."

"어허, 이 사람이 왜이래? 내 말이 맞대니까."

"저야 뭐 안 팔아도 그만이거든요. 이런 물건이야 또 구하면 되는 거고. 어쩌면 맘에 드는 가격을 제시하는 사람이 나타날지도 모르니."

잠시 굳은 표정으로 유정상을 바라보는 박노인.

그러나 유정상은 능글맞게 웃을 뿐이었다.

왜냐하면 지금의 박노인은 미래만큼의 노련함은 솔직히 부족했기 때문이었다.

그런 얼굴을 바라보던 박노인이 곧 어이가 없다는 듯 피식하고 웃고 말았다.

"졌네. 졌어. 젊은 사람이 늙은 너구리같군. 이거. 자네를 어리다고 쉽게 생각한 내 실수야. 인정하지."

그 말에 유정상이 말없이 웃고만 있으니 박노인이 고개를 절래 절래 흔들고는 안으로 들어갔다. 그리고 잠시 후 작은 가방 하나를 들고 나오더니 그것을 내밀었다.

현금 결제이다보니 봉투로 가져가기엔 부피가 만만치 않은 탓이다.

"여기 있네."

그것을 받아든 유정상이 그것을 어깨에 멘 뒤 인사를 하고 나가려 하자 박노인이 불러 세웠다.

"확인은 안하나?"

"맞겠죠. 뭐."

박노인은 십 원 한 장 틀리는 법이 없는 철저한 인물이다. 그러니 굳이 그런 번거로운 짓을 할 리 없었다.

하지만, 박노인의 입자에선 이제 겨우 두 번째 만남일 뿐이니 유정상의 행동이 쉽게 납득이 가지는 않았다. 흥정에서는 그렇게 깐깐하게 굴더니 막상 돈을 받을 땐 확인도 안하는 유정상의 행동을 쉽게 이해할 수가 없었던 것이다.

하지만, 곧 이런 종류의 인간이 없는 것도 아니니 이내 고개를 끄덕이고 말았다.

"그래. 그럼 조심해서 잘 들어가게."

"담에 뵙죠."

그렇게 가방을 들고 가게를 나서다 곧 걸음을 멈추었다.

그 모습에 박노인이 의아하다는 표정을 지었다.

"뭐, 빠진 거 있나?"

"혹시, 골드피닉스에 대해 아시는 게 있습니까?"

"골드피닉스? 갑자기 그건 왜 묻는 건가?"

"궁금한 게 있어서요."

사실 박설화의 전화를 받은 날 골드피닉스에 대해 컴퓨터로 조사를 해봤다. 미래에서도 그렇게 잘 알고 있던 길드가 아니었기 때문에 나름 알아보았지만 별달리 알아낸 건 없었다.

단지, 중견의 길드로 리더인 박기철의 사망 후 여동생인 박설화가 길드의 대표를 이어받았다는 사실과 그녀의 동생 박기형이 부대표를 맡고 있다는 것 정도가 전부였다.

그러나 박설화의 모습에서 조급함을 느낀 탓에 궁금함이 생겼던 것이다.

"골드피닉스라면 젊고 이쁘장하게 생긴 처자가 대표로 있는 곳 말이지."

"잘 아시네요."

"흐음. 예전에 그곳 리더였던 사내가 한때 단골이었거든. 실력도 좋고 리더십이 있어서 길드가 크게 성장했었는데 말이지. 아무튼 그런 젊은 친구가 어이없이 죽어버렸으니 안타까운 일이었지. 그만한 인재를 잃은 길드에게도 불행이었고."

"어이없이 죽다니요?"

"던전에서 보스몬스터에게 당했다고 하더군. 뭐, 그거야 으레 있을 수 있는 사고니까 특별할 것은 없었지. 그런데 나중에 확인해보니 그들이 조사한 던전 정보에 오류가 있었다고 하더군. 보통은 있을 수 없는 데 말이지."

"그렇다는 건?"

"그래. 누군가 조작을 한 것일 게야."

"그게 누구라는 겁니까?"

"낸들 알겠나? 그냥 나도 소문만 들은 거니까."

이렇게 속사정이 자세하게 소문이 날 리가 없다. 아마도 박노인이 개인적으로 조사한 내용이 틀림없을 것이다.

"그래도 대충 짐작이 가는 게 있을 거 아닙니까."

"그런 거 없네."

갑자기 단호하게 끊는 박노인이었다.

"다음에 저거 또 구하면 조금 싸게 넘기죠."

유정상이 막장굼벵이의 껍질을 턱짓하며 말하자 금방 표정이 밝아진다.

"저런 걸 또 구할 자신이 있다고?"

"더 좋은걸 구할지도 모르고요."

"크음."

잠시 고민에 빠진 박노인이 곧 다시 입을 열었다.

"알겠네. 이건 말일세. 개인적인 의견이네만 두 동생들 중 한명일 것 같네."

"경쟁 길드가 아니라는 말입니까?"

"그래. 내부자의 소행일거라는 예상이지."

"설마, 여동생인가요?"

"아니. 내 생각은 좀 다르다네. 박기형이라는 작자에 대한 소문이 조금 안 좋거든."

그 말에 골드피닉스 사정이 대충 이해가 되었다.

"그나저나 그곳과 무슨 관계라도 있는 건가?"

"아뇨. 그냥 귀찮은 인간이 그곳에 있어서 조금 궁금했을 뿐입니다."

"내 미리 말해두지만, 그들과 얽혀 좋을 게 없을 걸세. 특히 박기형이라는 녀석과는 더욱 말일세."

"알겠습니다. 그런데 혹시 요즘 강원도에서 주목할 만한 던전이 있나요? 3성급으로."

그런 곳에서 제안한 던전이니 찝찝하지 않을 리 없다.

유정상도 나름 조사를 해봤지만 알아낸 것이 없었기 때문에 혹시나 하고 박노인에게 질문한 것이다.

"그건 왜?"

"이것도 뭐 개인적인 거라."

"그것에 관해서는 아는 게 없네."

"조사 좀 해주시면 안 됩니까?"

"내가 뭐 흥신소 양아치인줄 아나?"

"……."

하지만 유정상의 알듯 모를 듯한 표정을 보더니 박노인이 곧 한숨을 쉬었다.

"젊은 녀석이 정말 귀찮게 하는군."

"좀 부탁드리겠습니다."

"미리 말해두네만 정보료는 비싸다네."

"나중에 청구하세요. 혹시 선불이나 계약금이 필요합니까?"

그 말에 잠시 유정상을 바라보던 박노인이 껄껄 웃었다.

"앞으로 좋은 고객이 되어 줄 텐데 이번은 그냥 서비스로 해줌세."

그 말을 듣고 유정상이 고개를 숙였다.

"고맙습니다. 그럼 전 이만 가볼게요."

"그래. 잘 가게. 다음에 좋은 물건 기대하겠네."

"네."

그렇게 대답하며 유정상이 가게를 나섰다.

그 모습을 지켜보던 박노인이 곧 피식 웃는다. 그리고 휴대전화를 들어 어딘가로 전화를 걸었다.

"그래. 나야. 응. 그래. 구했지. 아주 우연하게 말일세.

그런데 이게 참 어렵게 구한 거라 말이지. 아, 물론 자네가 가장 먼저 생각나서 전화를 건거야. 응. 그렇지. 뭐? 8천? 허허허. 어이가 없구만. 알았네. 별로 급하지 않다는 거겠지. 그럼 이야기는 없던 걸로 하지. 뭘 기다리라는 건가? 그래. 그래. 음……. 그래. 1억 1천이라……. 이래서는 내가 곤란한데 말이야. 뭐, 좋아. 내가 양보하도록 하지. 우리가 하루 이틀 알고 지낸 사이도 아니고 말이야. 알았네. 상태는 내 이름을 걸고 보증하지. 좋아."

그렇게 말하고는 전화를 끊었다.

바깥으로 나온 유정상은 박노인에게 건네받은 가방을 내려다보며 뿌듯한 표정을 지었다.

'6천만 원이라니…….'

이렇게 큰돈을 받을 수 있을 거라고는 절대 생각하지 못했다.

그렇게 희희낙락하며 걸어가던 유정상이 갑자기 멈칫했다.

뒤늦게 뭔가가 떠올랐기 때문이다.

"그 미션!"

던전에 들어갈 때 던전안정화가 미션이라고 했었던 게 기억났던 것이다. 그리고 이제야 그 뜻을 알 것 같았다.

"결국 던전의 핵을 안정화 시키는 미션이었구나."

그렇다면 박노인의 우려가 현실이 된 것이다.

커서 마스터
Cursor Master

5. 몬스터 웨이브를 막아라

커서 마스터
Cursor Master

5. 몬스터 웨이브를 막아라

"대출 빚을 누군가 대신 해결해 버렸다는구나."

어머니가 황당하다는 듯 집으로 돌아와 유정인과 유정상에게 말했다.

"뭐? 누가?"

"그걸 모르겠어. 은행 직원 말로는 이름을 밝히지 않았데."

"어떻게 그런 일이 있을 수 있어?"

정인이 경악한 얼굴로 입을 떡 벌리며 말했다. 그들의 빚이 5천 가까이 되는 것을 생각하면 충격적인 일이 아닐 수 없었다.

"우리야 좋은 거잖아. 뭐 키다리 아저씨라도 있나보지."

유정상이 시큰둥한 표정으로 말하자 정인이 돌아보며 황당하다는 듯 바라본다.

"말도 안 되는 소리하지 마. 현실에 그런 게 어디 있어?"

"여기 있네."

"어떻게 생긴 사람이래?"

다시 정인이 어머니에게 물었지만 고개를 흔든다.

"그것도 말하지 말라고 부탁하더래. 그래도 계속 물었더니 젊은 남자라고만 하더라."

"젊은 남자?"

두 여자가 놀란 모습을 떠들고 있는 사이 유정상이 자리에서 일어났다.

그리고 뒷머리를 벅벅 긁으며 말했다.

"아버지에게 신세를 진 사람이 아닐까? 그래서 은혜를 갚으려 했다거나."

"웃기시네. 드라마 찍냐?"

"그거야 모르는 일이지."

"백번 양보해서 네 말이 사실이라고 쳐. 그럼 왜 이제야 나타난 거야?"

"이제야 은혜를 갚을 재력이 생긴 탓이겠지. 마음만 줄곧 가지고 있다가 그것을 갚을 능력이 이제야 생겼다면 납득도 되지. 혹시 알아 엄청나게 성공한 벼락부자가 되었다거나 말이지."

"아예 소설을 써라."

"어쨌든 대출 빚이 사라졌다는 건 사실이잖아."

"그건 그렇지만."

"이렇게 그냥 누구인지도 모른 상태로 그냥 덥석 받아도 되는 걸까?"

"뭐, 어때? 살다보면 이런 행운도 있는 거지."

유정상이 그렇게 말하며 자기 방으로 들어가려고 하는데 정인이 말했다.

"엄마. 젊은 사람이랬지?"

"그래."

"역시 내 미모에 반한 꽃미남의 젊은 거부가……."

그 순간 유정상이 그녀의 말을 끊었다.

"개소리는 달나라에나 가서 하시지."

"뭐야?"

❖ ❖ ❖

"캐캥!"

[레벨이 올랐습니다.]

[인벤토리가 추가 확장됩니다.]

[저장할 수 있는 아이템의 크기 제한도 가로, 세로, 높이 1.5미터로 늘어납니다.]

"오옷, 좋았으!"

녹형 수십 마리와 놀 십여 마리 정도를 사냥하고 났더니 반가운 도우미의 소리가 들려왔던 것이다.

사실 그동안 인벤토리가 작다는 것과 큰 아이템이 들어가지 않는다는 사실 때문에 은근 불편했는데 덕분에 그 문제가 어느 정도 해결되었다.

어느덧 '레벨 7'이 되었다.

하지만 기준을 삼을 대상이 없었으니 정확히 어떤 수준인지는 판단하기 쉽지 않다.

그래도 9급 시절엔 상상도 못하던 몬스터를 쉽게 잡는 상황이다.

대충 6급 정도, 어쩌면 그 이상의 능력을 발휘하고 있는 것 같지만, 미묘한 게 육체적 능력은 아직 8급 정도의 언저리에서 맴도는 기분이었다.

물론, 8급을 경험한 것은 아니지만 노련했던 9급 시절보다는 육체 능력이 조금 더 나은 것 같았기 때문이다.

그리고 원래라면 다른 던전을 갔을 테지만, 그 미션인가 뭔가 때문에 던전의 핵을 찾아야만 하는 상황이라 계속 이곳을 찾은 것이다.

여러 번 온 던전이고 이미 지도를 얻은 상황이라 어지간한 지역은 다 꿰고 있었지만, 지하로 들어갈 방법은 아직 찾을 수가 없었다.

"오늘은 이만 돌아갈까?"

이미 돈도 150골드 이상을 벌어들였고, 각종 하급 포션도 상당히 얻은 상태였다.

거기다 귀환석도 이미 인벤토리에 들어가 있으니 원한다면 얼마든지 나갈 수 있는 상황이다.

하지만 역시 던전의 핵을 찾지 못했다는 게 마음에 걸렸다.

일반적으로 던전 속 지하 던전을 찾게 되면 그 속에 있을 가능성이 가장 크다.

던전의 핵은 감지 장치가 따로 필요하기는 하지만, 유정상이 그런 게 있을 리 없다.

미래라면 어떡하든 구해보겠지만 현재로서는 존재하지 않는 기계가 아닌가.

그래서 그 부분을 해결해야만 했다.

다음날 찾은 던전에서도 결국 별다른 실마리조차 얻지 못하고 익숙한 몬스터들만 신나게 사냥하다 마무리가 되었다.

❖ ❖ ❖

그리고 다시 다음날.

요즘 들어 자주 던전을 찾아오니 입구 사무실의 여직원도 이제는 익숙한 모습으로 인사를 했다.

물론 사냥꾼들과도 이제 안면이 생겨 간단한 인사는 하고 있었다.

그런데 평소와 달리 오늘은 어쩐 일로 주차장이 북적였다.

기껏해야 직원용 차량 말고는 한 대나 두 대 정도였는데 수십여 대가 들어와 있는걸 보니 대규모 레이드라도 있는 것 같았다.

주차장을 지나 사무실 근처로 갔다. 하지만 이미 많은 수의 인원들이 던전에 들어간 탓인지 밖에는 몇 사람 보이지 않았다.

"오늘 무슨 날인가요? 어째 주차장이 꽉 찼네요."

"그쪽 때문이죠. 뭐."

"네?"

"예전에 무슨 벌레인가 하는 몬스터 껍질을 가지고 나가 셨잖아요. 그게 소문이 좀 돌았는지 그걸 잡겠다고 많이 찾아오기 시작한 거예요."

본 사람이 많았으니 어딘가에서 이야기가 흘러나갔을 것이다. 하지만, 별로 신경 쓰지는 않았다.

"흐음. 그랬군요. 그래도 사람이 많아지니까 활기가 생겨서 던전을 운영하는 입장에서는 좋은 일 아닌가요?"

"저 같은 공무원에겐 그저 귀찮을 뿐이죠."

농담이 아니라 정말 귀찮은 표정이었다.

하긴, 그렇게 한가하게 지내다 바빠지니 짜증이 날수도 있을 것이다.

어쨌든 그녀의 말에 대충 수긍해주었다.

"그렇겠군요."

그렇다고 해서 유정상은 그녀에게 미안할 필요는 없다.

남의 입장을 일일이 생각하며 사냥을 할 수는 없는 일이 아닌가?

그나저나 여직원의 모습이 평소와 조금 달라보였다.

화장도 조금 더 진해진 느낌에 손톱도 붉은 색이 칠해져 있어 눈에 띄었다.

확실히 화장 때문인지 얼굴도 더 뚜렷해서 얼핏 보면 다른 사람이라고 착각할 정도였다.

거기다 그녀의 복장도 평소보다 좀 화사한 느낌이었다.

"커피라도 한잔 드려요?"

갑자기 그녀가 뜬금없이 커피를 권하자 조금 얼떨떨했다.

하지만 이내 손을 들어 사양했다.

"아뇨. 던전 들어가기 전에는 커피 같은 자극적인 건 피하고 있어서. 그나저나 오늘 데이트라도 있나 봐요."

"네?"

여직원이 화들짝 놀라더니 급히 손사래를 쳤다.

"저, 애인 없어요."

"그럼, 선?"

그 말에 여자의 미간에 잔뜩 주름이 졌다.

그리고 곧이어 찬바람 쌩쌩 부는 듯한 목소리가 흘러나왔다.

"아니거든요!"

"아, 네."

버럭하니 순간 유정상이 움찔했다.

그리고 곧 그녀가 평소의 무심한 표정으로 변하더니 다시 입을 열었다.

"그건 그렇고 알려드릴 말씀이 있어요."

"뭡니까?"

"어제 오후 이후로 던전이 승급되었어요."

"네? 승급요?"

"네. 정기적인 던전 조사가 있었는데 던전 에너지가 강해졌데요. 그래서 2등급 던전으로 승격을 받았어요."

"……그렇군요."

생각해보면 당연한 일인지도 모른다.

1등급치고는 강한 녀석들이 많이 등장하기 때문이다.

아니 그보다도 던전의 에너지가 불안정해진 탓이 클 것이다. 물론 안정화 되면 다시 원래 등급으로 돌아갈 것이지만.

그래도 갑자기 이런 시기에 승급이라니.

여직원이 여전히 냉랭한 음성으로 말했다.

"입장료는 30만원입니다."

"……!"

미션인지 뭔지 때문에 쓸데없이 돈이 깨진다.

'아이고 속 쓰려.'

갑자기 입장료가 50%나 인상되었다. 덕분에 유정상의 입장에서는 생돈 10만원이 깨지니 좋을 리가 없다.

하지만 나라에서 정한 일이다. 일개 개인으로 어쩔 수 있는 것도 아니니 입장료를 지불하고 던전으로 발걸음을 옮길 수밖에 없었다.

그런데 사무실 근처에서 담배를 피우고 있던 사냥꾼들이 킥킥거리는 소리가 들려왔다.

그리고 자기들끼리 뭔가 수군거렸다.

그러자 여직원이 그 이야기를 들었는지 빽하고 소리를 질렀다.

상황을 이해하지 못한 유정상이 고개를 갸웃거리다 곧 어깨를 으쓱하고는 던전으로 들어갔다.

"어디보자."

넓은 사막지형이 보이고 저 멀리서 사람들이 몬스터들과 싸우는 모습도 보였다.

유정상도 이제는 제법 능숙해진 상황이라 어지간한 녀석들은 직접 펀치로 해결한다.

이네크의 반지를 얻고 나서는 검을 거의 사용하지 않고 있었다.

오른쪽 주먹이 검 이상으로 강했기 때문에 굳이 검을 들고 다닐 필요가 없었다. 거기다 이네크의 반지가 착용된 오른손의 경우 주변에 커다란 막이 형성되어 방어의 역할도 해주기 때문에 특히나 유용했다.

파앙!

퍽!

"캬오오!"

허공에서 유정상의 펀치 기파를 맞은 비행 몬스터 '대두 수리'가 땅으로 추락했다.

머리가 특히나 무겁다 보니 떨어질 때의 속도도 빠른 것처럼 보였다.

쿵.

무거운 머리가 땅에 처박히며 즉사해버렸다.

그리고는 녀석의 주변에 금화 몇 개와 몇 개의 아이템들이 생겨났다.

그런데 대두 수리의 주변에 떨어진 아이템들 중 이상한 호리병이 보였다.

[생명의 물병]

[내구력: 5/5]

[씨앗의 성장을 촉진시킨다.]

"씨앗의 성장을 촉진시킨다라……. 가만."

퍼뜩 생각나는 것이 있어 인벤토리를 열었다.

그리고 곧 유정상이 찾던 것이 눈에 들어왔다.

'금수생 씨앗'

나중에 그 아이템을 확인했더니 확인불가라는 말풍선이 생겨 그냥 넣어두었던 것인데 방금 나온 생명의 물병이 어쩌면 해답이 될지도 모를 일이었다.

씨앗의 성장을 촉진시킨다는 구체적인 내용이 있으니 고민할 필요도 없었다.

"어디가 좋을까나."

주변을 두리번거리며 사람들이 보이지 않는 한적한 곳을 찾았다. 커다란 바위가 삼면을 가리고 있어 눈에 띄지 않는 장소가 있어 그곳으로 가 흙바닥을 팠다.

그다음 씨앗을 심고 곧바로 생명의 물병을 들어 그곳에 물을 부어넣었다.

물이 다 쏟아지고 나자 곧바로 물병은 사라졌다.

그리고.

투두둑.

바닥이 조금 울리기 시작했다.

그리고는 서서히 줄기가 흙을 뚫고 올라왔다.

베베 꼬이며 올라오는 움직임이 하늘콩과 비슷했지만 크기와 모양이 다르다.

그렇게 튀어나오던 줄기 곁에 잎사귀가 달린 줄기가 튀어나왔고, 어느새 꽃이 피었다.

보랏빛의 탐스러운 꽃이 피는 모습은 그 자체로도 신비

롭기만 했다.

그렇게 계속 자라던 꽃이 유정상의 키를 넘어섰다.

그렇게 그의 키보다 조금 더 크게까지 자라던 식물이 곧 성장을 멈추었고, 그와 동시에 열매가 열리기 시작했다.

하얀색의 동그란 열매가 조금씩 크기를 키워나갔다.

표면이 맨들맨들한 느낌이 마치 박이 아닌가 싶은 생각이 들게 만들었다.

그런데.

시간이 지날수록 그 모양이 구체적으로 변해갔고 이내 익숙한 느낌을 주었다.

그것을 보던 유정상의 미간에 주름이 진다.

설마 하는 생각 때문이었다.

"알?"

모양은 분명 알과 틀림없이 똑같았다.

표면의 느낌도 계란과 비슷했다.

"에이, 설마."

그렇게 말한 유정상이 그것을 나무에서 뜯어내고는 바닥에 내려놓았다.

크기는 타조 알 보다 약간 큰 느낌.

그런데 곧이어 알에 금이 가며 깨어지기 시작했다.

쩍. 쩌저적.

방금 생겨난 열매, 아니 알속에서 뭔가 꾸물거리는 게 눈에 들어왔다. 얇은 껍질 조각들이 하나 둘 떨어져 나가며 조금씩 그 모습을 드러내는 모습에 넋 놓고 바라보는 유정상.

그렇게 곧 알이 완전히 다 깨지고 전신을 드러낸 놈은 놀랍게도 네 발 달린 포유류였다.

순간 얼이 빠진 채 그 모습을 지켜보는 데 알을 깨고 나온 녀석이 꾸물거리더니 번쩍 눈을 떴다.

그리고는 땡그런 눈으로 두리번거리다 곧 유정상을 발견하고는 소리를 질렀다.

"삐이."

앞니 두 개가 커다랗고 생긴 건 두더지 비스무리 했다. 하지만 주둥이가 짧고 귀가 큼직한 모습이었다. 아직은 새끼라 그런지 털이 부들부들해 보여 귀엽게 생겼다.

그러나 이런 곳에서 몬스터 새끼를 돌볼 수는 없는 일이 아닌가?

잠시 난감함에 빠졌다가 일단 정체라도 확인할 필요가 있어보였다.

곧바로 커서를 가져가 확인했다.

[이름: 칼손 두더지(펫)]

[레벨: 7]

[공격력: 170]

[방어력: 180]

[생명력: 650/650]

[힘: 13]

[민첩: 28]

[체력: 90]

[지능: 9]

[고유 스킬: 몬스터 사체 처리]

펫이라는 글자를 확인하고는 뜨악해버렸다.

설마 펫을 보유할거라고는 전혀 예상하지 못했던 탓이다.

위잉.

"삐이!"

[펫과 교감되었습니다.]

[이제부터는 부모처럼 따를 것입니다.]

"교감이라니. 누구 맘대로!"

갑작스러운 상황에 기겁한 유정상이 버럭 소리쳤다.

하지만 대답 없는 공허한 메아리.

그저 한숨만 쉴 뿐이다.

"에휴. 이게 무슨 일인지. 그나저나 이 칼손 두더지 녀석…… 몬스터 사체 처리가 재능이라고?"

"삐이."

"너 내 말 알아듣고나 말하는 거냐?"

"삐이."

"에이, 설마. 그냥 아무 말에다 반응하는 거겠지?"

"삐이이이."

그렇게 소리치며 그게 아니라는 듯이 고개를 가로 젓는 게 아닌가?

"허, 거참."

유정상은 순간 황당함이 들었지만, 곧 그것을 확인해 보기 위해 방금 사냥했던 대두 수리를 턱짓으로 가리켰다.

"저 녀석 어때? 한번 해볼래?"

별다른 기대 없이 말했다.

그러자 칼손 두더지가 고개를 돌려 유정상이 가리킨 곳을 바라본다. 그리고 곧바로 오른쪽 앞발을 치켜들며 소리쳤다.

"삐이이!"

그리고는 쪼그맣게 생긴 주제에 눈빛을 빛내더니 자신의 앞발에서 숨겨진 칼날을 꺼냈다.

왜 칼손 두더진가 했더니 꽤나 날카로운 칼을 앞발에 숨기고 있었던 것이다.

자그맣기는 해도 나름대로 제법 울버린의 포스도 풍겨 왔다.

아무튼 녀석이 뿔뿔거리며 대두 수리 곁으로 다가가더니 자신보다 열 배는 큰 대두수리의 주변을 기웃거렸다. 그리고는 갑자기 움직임이 빨라졌다.

스삭. 스삭. 스삭삭.

살을 가르는 칼의 날카로움이 느껴지는 소리에 잠시 움 찔.

그런데 금세 헤벌쭉한 모습으로 칼손 두더지가 유정상의 곁에 다가와 있었다.

앞발에 있던 칼도 어느샌가 모습을 감췄다.

발아래서 강아지처럼 헥헥 거리는 녀석을 바라보다 대두 수리 쪽을 바라보았다.

"헐."

놀랍게도 대두 수리는 이미 전신이 깔끔하게 해체되어있 었다.

가죽, 고기, 뼈까지.

황당하기는 하지만, 곧 녀석이 단순한 펫이 아님을 파악 했다.

"대박! 너 정말 엄청난 녀석이네."

"삐이이이."

유정상의 말에 기분 좋은지 힘차게 소리치는 칼손 두더 지.

뭔가 녀석이 맘에 들었던 유정상이 피식 웃으며 말했 다.

"이참에 너 이름이나 지어줘야겠다. 음. 뭐가 좋을까?"

"삐이이."

잠시 고민에 빠졌던 유정상이 손뼉을 탁하고 쳤다.

"성은 백씨요. 이름은 정."

"삐이?"

"백정."

고기를 잘 썰어대니 떠오른 이름이었다.

뭔가 과격하며 살벌한 느낌의 이름이었지만, 칼손 두더지가 알 턱이 없다.

"삐이이이."

역시 녀석도 마음에 든다는 듯 팔짝팔짝 뛰었다.

잘은 모르지만 어감은 나쁘지 않았던 것이다.

"그래. 백정. 보통은 정이라고 부르자."

그나마 두자도 귀찮았던 것이다.

그런 마음을 알 턱이 없는 칼손 두더지, 아니 백정이 좋아라하며 계속 팔짝거렸다.

"그리고 말이야."

"삐이이."

"전투 중 위험하다 싶으면 땅으로 숨어. 너 두더지니까 땅 잘 파고 들어갈 테지?"

"삐이이!"

그렇게 대답하더니 순식간에 땅속으로 파고들어가 버렸다.

마치 물속에 들어가는 것 마냥 빠르면서도 자연스럽다.

"너도 두더지는 두더지구나."

곧바로 다시 사냥에 돌입했다.

허공에 놀의 썩은 단검이 날아다녔다.

푸슉. 푹. 푸슈숙.

"캥!"

"깨갱!"

"깨엥!"

썩은 단검의 수명이 다해 부서져버리면 다시 썩은 창을 이용하고, 그것도 부서지면 녹슨 도끼도 이용하며 마구잡이로 사냥을 시작했다.

그렇게 유정상이 사냥을 하면 그 사이 놀의 사체는 백정이 처리하고 있었다.

슥삭. 슥삭. 슥삭.

20분 정도 만에 십여 마리를 사냥해버렸다.

그리고 바닥에 떨어져 있는 완전 분해된 사체들을 차곡차곡 인벤토리에 담았다.

"이렇게만 하면 금방 갑부 되겠다."

"삐이."

"난 사장님. 넌 전무님."

"삐이."

"어이, 백전무!"

"삐이이!"

"낄낄."

백정이 때문에 어쩐지 유치해지고 있었지만 뭐 어떤가.

보는 사람도 없는데.

그렇게 한산한 곳을 돌며 사냥하고 있는데 먼 곳에서 소란스러운 소리가 들렸다.

사람들이 모여 있던 장소 쪽이었는데 뭔가 소리가 이상하다.

높은 바위로 올라가 그곳을 바라보니 사람들 사이로 거대한 무언가가 나타나 난동을 부리고 있었다.

"뭐지? 멀어서 안 보이는 데."

사람들 사이에서 몬스터를 사냥하는 건 마음에 들지 않지만 뭔가 분위기가 이상해 가봐야만 할 것 같은 기분이었다.

그리고 일단 가보자는 마음에 그곳을 향해 달렸다.

달려가면서 백정에게 한 가지 충고를 했다.

"사람들 앞에선 모습을 보이지 마. 곤란한 일이 생길 수 있으니까."

"삐이!"

그렇게 대답한 백정이가 땅속으로 파고 들어갔다.

서둘러 그곳에 도달하니 세 명이 피투성이가 되어 쓰러져 있었고, 나머지 사람들은 몬스터로부터 정신없이 도망치고 있었다.

혹시나 했는데 사람들을 공격하는 몬스터는 막장굼벵이였다.

"끼우우우우!"

주변에 몇 마리의 모래공벌레가 칼에 찔려 죽어있는 모습을 봐서는 아마도 그것들을 사냥하다 갑자기 나타난 막장굼벵이에게 당한 것 같았다.

"쳇, 몬스터의 능력도 확인하지 않고 들어오다니."

어딜 가나 이런 인간들이 있다. 그저 돈이 된다니까 모여든 무리.

막장굼벵이의 껍질을 탐내기만 했을 뿐 어떤 준비도 하지 않은 것이다.

일단 유정상은 막장굼벵이 뒤를 쫓았다.

사람들을 살려야 한다는 생각도 했지만, 돈이 되는 놈을 그냥 놔둘 수는 없는 일이다.

그렇게 전신에 마나를 집중하며 달렸다.

마나 소모가 많긴 해도 엄청나게 속도가 빨라졌다.

이런 방법은 예전, 아니 미래에도 자주 사용하던 방법이다.

하지만, 그때보다 마나 소모도 적고 더 빨라졌다는 건 놀라운 일이다.

타타타타.

어느새 막장굼벵이의 바로 뒤까지 쫓아왔다.

"꺄아악!"

"살려줘!"

누군가 넘어지며 소리 지른다.

곧바로 인벤토리를 열어 모래폭탄을 꺼냈다.

그리고 놈의 머리에 모래폭탄을 가져가 폭발시켰다.

콰아앙!

놈의 머리에 불이 붙자 펄쩍 뛰더니 땅에 쳐 박았다.

곧바로 불이 꺼지자 귀를 찢는 고음을 뿌리며 사방을 살피다 유정상이 서있는 모습을 발견했다.

"끼이이이익!"

"그래. 나다. 육천만 원짜리 자식아."

그렇게 말하며 유정상이 뒤돌아 달렸다.

막장굼벵이가 화가 났는지 소리를 지르며 뒤돌아 유정상을 빠르게 쫓았다.

하지만 유정상도 이미 7레벨에 이른 몸이라 몸놀림이 빨라져 쉽게 놈에게 잡히지 않았다.

그러자 더욱 화가 난 녀석이 입에서 산성 독을 뿜었다.

풋.

하지만 놈의 독에 한번 당한 경험이 있는 그가 그런 공격에 쉽게 당할 리 없었다.

곧바로 몸을 피하자 근처 바위에 놈의 산성 독이 뿌려졌고, 그것에 의해 바위가 녹아내렸다.

그렇게 여러 번 산성 독을 피해내자 막장굼벵이도 지쳤는지 슬슬 움직임이 느려진다.

유정상이 사람들이 있던 장소를 넌지시 바라보니 많은 수의 사람이 귀환석을 이용해 탈출하고 있었다.

대충 사람들과의 거리도 어느 정도 멀어졌고 대부분의

사람들도 던전을 빠져나가고 있는 상황이다. 이제는 놈과 제대로 상대해볼 수 있다.

곧이어 커서를 이용해 놈의 창으로 등껍질을 툭툭 찔렀다.

솔직히 놈의 창 따위로 뚫을 수 있을 리 없었지만, 일단 시선 끌기용이다.

역시나 놈이 그것이 계속 신경 쓰이는지 위쪽으로 머리를 치켜들며 소리를 질렀다.

"끼우우우우!"

와르륵.

그때 갑자기 놈의 발밑이 푹 꺼지며 한쪽으로 급히 쏠렸다.

무슨 상황인지는 이해하기 힘들었지만, 유정상이 이런 기회를 놓칠 리 없다.

곧바로 다시 창을 버리고 모래폭탄으로 다시 한 번 폭발시키자 놈의 몸이 완전히 뒤집혀버렸다.

"끼이이이익!"

놈의 몸이 뒤집어지며 발버둥 친다.

유정상은 인벤토리를 열어 쉴 새 없이 창과 검으로 내려찍었다. 그러자 몇 개가 놈의 배에 박혔고 그 때문에 놈이 더욱 고통스러워하며 소리쳤다.

"끼이이. 끽끽!"

놈의 주변 바닥이 심하게 파헤쳐질 정도로 요란하게

몸부림을 쳤다.

그때 유정상이 빠르게 놈에게 접근하고는 최대가 가까이 붙었다.

그리고 오른 주먹을 강하게 내질렀다.

유정상의 오른손에서 커다란 반투명의 커다란 주먹이 생성되었다. 그리고 곧바로 막장굼벵이의 머리에 그것이 작렬했다.

"흐아아앗!"

콰아아아앙!

강력한 폭발음과 함께 막장굼벵이의 머리가 터져나갔다.

확실히 레벨이 오른 덕도 있었고, 마나를 3/4이나 쏟아부은 덕분이었다.

아무튼 터져나간 막장굼벵이의 머리를 보며 호흡을 진정시키고는 이마에 흐르는 땀을 닦았다.

"후우."

그런데 그때 막장굼벵이 바로 곁의 땅속에서 불쑥 튀어나온 백정이 소리를 질렀다.

"삐이이이이!"

그제야 막장굼벵이 아래가 꺼지며 갑자기 균형을 잃었던 이유를 알 것 같았다.

"네가 한 건 했구나."

"삐이이."

녀석이 칭찬해 달라며 유정상의 곁에 뽈뽈거리며 다가와 다리에 머리를 비벼댔다.

"짜식, 잘했어."

"삐이이."

그런 백정이를 내려다보다 곧 막장굼벵이의 사체를 바라보았다.

예전엔 녀석의 크기 때문에 커서를 이용했었지만, 정밀하게 작업하지도 못했고 쉽지도 않았었다.

그것을 떠올리고는 다시 바닥에서 커다란 눈동자를 반짝거리며 올려다보는 백정이를 내려다본다. 그리고 피식 웃어버렸다.

아무리 주특기가 사체 해체라고 하지만, 저렇게 크고 단단한 놈이라면 쉽지 않을 것이다. 유정상은 하는 수 없다는 표정으로 본소드를 커서로 집어 들었다.

시간이 걸리더라도 직접 할 수밖에 없다고 생각했던 것이다.

그런데 백정이 그런 주인의 마음을 알았던 걸까?

백정이가 소리를 빽 질렀다.

"삐이이이이!"

"......?"

"삐이이이."

"설마, 네가 하겠다고?"

그 말에 2차 대전 때 독일군들처럼 오른쪽 앞다리를 번쩍 들어 올리며 소리쳤다.

"삐이이!"

그러고는 곧바로 다시 특유의 뿔뿔거리는 동작으로 막장굼
벵이의 사체 쪽으로 다가가더니 빠르게 움직이기 시작했다.

쓰윽, 쓱싹. 슈슈슉.

그리고 금세 막장굼벵이의 몸이 떡하고 갈라지더니 껍질
과 내용물이 단번에 분리되었다.

그 걸 본 유정상의 눈이 큼지막해졌다.

"너, 정말 돈. 이. 되. 는. 녀석이구나."

사실은 '능력 있는 녀석'이라고 말하려고 했는데 은연중
에 본심이 나와 버린 것이다. 결국 자신에게 이익을 만들어
주는 녀석이라는 뜻 아닌가?

하지만, 순진한 백정이는 주인이 그저 좋아한다는 사실
만으로도 그냥 펄쩍펄쩍 뛰며 좋아했다.

"삐이이이."

백정이가 깔끔하게 해체한 막장굼벵이의 껍질을 바라보
며 뿌듯한 얼굴로 커서를 가져갔다. 이미 인벤토리가 확장
되었는데다가 넣을 수 있는 크기도 커진 덕분에 줄로 잘 묶
어 크기를 맞춘 후 집어넣었다.

이젠 화물차를 부를 필요는 없을 것 같았다.

아무튼 돈 되는 녀석을 잡은 탓에 기분이 좋아진 유정상
이 다시 사람들이 모여 있던 장소로 가보았다. 어느새 사람
들이 다 빠져 나갔는지 아무도 보이지 않았다.

그 와중에도 다친 사람까지 데리고 잘 빠져나간 듯 보였다.

유정상도 이미 귀환석을 얻은 상태라 빠져나갈 생각이었다.

그런데 근처에 막장굼벵이가 튀어나온 듯 보이는 땅굴이 보였다.

땅속으로 비스듬하게 뚫려있다.

"흐음."

뭔가 신경 쓰이는 구멍이라 그냥 던전을 빠져나가기가 머뭇거려졌다.

아무래도 한번은 살펴보고 싶다는 호기심이 결국 그곳으로 향하게 만들었다.

입구부터 컴컴한 것이 썩 좋은 기분은 아니다.

하지만 그런 유정상과는 달리 백정이는 뭐가 좋은지 삐삐 거리며 노래라도 부르는 것처럼 보였다.

아무래도 자신의 홈그라운드와 같은 지하이기 때문일 것이다.

"땅속이라 좋은 거냐?"

"삐이!"

"쳇, 난 이런 느낌 별론데. 그나저나 왜 이렇게 깊은 거야?"

호기심이라고는 하지만, 혹시 지하 던전으로 이어질지도 모른다는 생각에 들어오긴 했지만 생각보다 깊숙이 이어지고 있었기에 슬슬 걱정이 되고 있었다.

그렇게 한참을 백정과 함께 아래로 걸어가는데 땅이 갑자기 흔들렸다.

쿠르르르르.

"어, 어? 이거 왜이래?"

"삐이?"

그런데 곧 들어왔던 입구 쪽이 무너지기 시작했다.

"아, 진짜. 달려 정!"

"삐이이이!"

유정상과 백정이 안쪽으로 달리기 시작했다.

좁은 동굴의 천장이 무너지며 유정상과 백정을 덮치려하던 찰나 어느새 커다란 공동이 눈앞에 펼쳐지며 빠르게 그곳을 빠져 나올 수 있었다.

쿠우웅.

들어왔던 동굴이 완전히 무너져 내려버렸다.

"큰일 날 뻔 했다."

먼지를 잔뜩 뒤집어 쓴 유정상이 온몸을 털며 투덜거렸다.

그런데 어째 주변이 생각보다는 어둡지 않은 게 이상하다.

"어둠이 익숙해진 건가?"

그렇게 말하며 주변을 살피다 곧 입이 떡 벌어졌다.

그의 눈앞에 펼쳐진 거대한 느낌의 지하 공동이 눈앞에

펼쳐진 탓이다. 마치 돔 구장의 수십 배는 될 듯한 규모에 놀라지 않을 수 없었던 것이다.

그 때문에 유정상이 저도 모르게 감탄하며 말했다.

"히야. 넓네."

"삐이."

백정이도 공동의 규모에 놀란 눈치였다. 하긴 태어난 지 몇 시간 되지도 않은 녀석이었으니, 지하의 세계에 대해 아직은 별로 아는 게 없는 것도 당연하다.

그런데 더 놀라운 건, 빛이 들지 않는 지하임에도 전혀 어둡지 않다는 사실.

공동의 천장이나 벽, 기둥들 사이에서 빛나고 있는 발광석 때문이었다.

"대박인데? 발광석이 이렇게 많다니."

발광석은 시중에서도 제법 고가에 거래되는 돌이다.

특유의 발광물질 때문에 여러 분야에 응용되고 있고, 미래엔 빛을 내는 대부분의 물건에 사용되는 물질이었다.

지금은 초기 단계였지만, 아마 가치만큼은 월등할 것이다.

주변에 굴러다니는 발광석들을 몇 개 커서로 집어 인벤토리에 담았다. 워낙 사방에 많이 널려 있다 보니 괜찮은 걸 따로 선별해 담아야 할 정도였다.

그러고 나서 지하 공동을 이리저리 돌아다니기 시작했다.

그러다가 좋은 발광석이 발견되면 또 인벤토리에 담았다.

공짜인데 마다할 수 없는 일 아닌가? 가치가 없다면 버리면 될 뿐이다.

물론 이것들을 몽땅 들고 다녀야 한다면 다른 이야기가 될 테지만 말이다.

그런데 그때 커다란 발광석을 발견했다.

다른 것들에 비해 유독 붉고 빛이 강한 발광석이라 눈에 띄었다.

"대박인데. 저거 가져가면 무지하게 큰돈을 받을 수 있겠어."

그렇게 생각하며 사람보다 더 커 보이는 발광석이 있는 장소로 가려했다. 그런데 커서가 번쩍이며 경고를 보낸다.

[경고. 몬스터 출현.]

"뭐? 몬스터?"

"삐이이이!"

그것과 동시에 백정이가 소리를 지르며 유정상의 앞을 막아섰다.

"왜 그래?"

백정이의 행동에 놀란 유정상이 뭔가 이상함을 느끼고는 고개를 들어 발광석이 있는 방향을 바라보았다.

그런데.

피슉.

커다란 발광석에게서 뭔가가 유정상의 앞으로 날아들었다.

그리고는 그의 앞을 막아선 백정이에게 덮쳐들었다.

"엇!"

"삐이이이!"

비명을 지르던 백정이가 순식간에 뭔가의 힘에 끌려가 버렸다.

너무나도 찰나의 순간에 벌어진 일이라 제대로 확인할 틈도 없었다.

하지만 유정상은 본능적으로 백정이가 끌려간 장소를 향해 달렸다.

놈의 정체가 무엇인지는 모르지만, 이대로 백정이를 잃을 수는 없는 일이기 때문이었다.

그런데 발광석이라고 생각했던 그 물체가 빠르게 유정상에게서 멀어진다.

"저 놈이구나!"

하지만 빛의 이동 속도가 비범해 쉽게 따라잡기 힘들다.

마나를 이용해 속도를 올려도 거리를 좁힐 수가 없었다.

그런데 갑자기 커다란 발광석이 멀어지다 말고 멈추더니 그 자리에서 요동치기 시작했다.

곧바로 유정상이 그곳을 들이닥치자 무슨 일인지 발광석이 빛을 잃기 시작했다.

"뭐야?"

근처로 가보니 발광석의 정체는 결국 2미터 정도의 거미 몬스터였다.

그런데 놀랍게도 거미의 여덟 개 다리가 몽땅 잘려 나가버린 상태였다.

그런데 어찌나 깔끔하게 잘려나갔던지 아직 다리들의 신경이 살아있어 이리저리 바닥에서 꼼지락거리고 있었다.

"깨에에에엑!"

비명을 지르며 바닥을 뒹굴고 있는 몸통을 바라보며 황당해하고 있는데 유정상의 곁으로 백정이가 푸른색 진액을 잔뜩 뒤집어 쓴 채 뿔뿔거리며 다가왔다.

"삐이이이."

"거 참."

황당한 표정을 짓던 유정상이 몸통에서 다리가 완전히 잘려버린 거미를 바라보았다.

녀석을 직접 본 건 처음이지만 무엇인지는 알 것 같았다.

"발광거미인가."

들어본 적은 있지만, 실제로 본 건 이번이 처음이었다.

간혹 지하 던전에 들어갔던 공격대들이 이놈의 습격을 받아 피해를 많이 봤다는 이야기를 들었던 것 같다.

어쨌거나, 백정이가 순식간에 놈의 다리를 몽땅 잘라버린 덕분에 바닥에서 꼬물거리고만 있는 모습이 몹시도 이질적이었다.

여전히 커다란 눈을 반짝이며 자신을 올려다보는 푸른 진액 범벅의 백정을 보니 쓴웃음이 나왔다.

"쬐그맣다고 우습게 볼 녀석이 아니구나. 너."

"삐이이."

마치 칭찬해달라는 듯 소리치는 녀석을 쓰다듬으려 하다가 푸른 진액 때문에 멈칫했다. 잠시 얼굴을 찡그리던 유정상이 이내 시선을 들어 곧바로 발광거미의 머리를 향해 주먹을 휘둘렀다.

"이런 나쁜 놈!"

그 순간 이네크의 반지가 발광하며 강렬한 파워를 머금은 커다란 주먹의 형상이 놈의 머리를 산산조각 내버렸다.

빠각.

"끼우우우우!"

몸통만 남은 발광거미가 잠시 동안 몸을 이리저리 굴리다 곧 움직임을 멈췄다.

그러자 주변에 여러 개의 아이템과 함께 동전 주머니들이 나타났다.

그것들을 일일이 커서로 클릭하자 인벤토리에 착실하게 저장된다.

그런데 아이템 사이에 특별한 느낌의 물건이 끼어있다.

"소주?"

녹색의 소주병이 아이템사이에 있으니 묘한 이질감이 생겼다.

누군가 이곳에 들어와 흘리고 간 소주가 아닌가 싶은 생각이 들었지만, 분명 발광거미를 처단하고 얻은 아이템이라는 걸 확신하며 확인해보았다.

[분노의 소주]

[일시적으로 기분을 들뜨게 만들며 짧은 시간동안 두 배의 괴력을 뽑아낼 수 있다. 단, 그 시간이 끝나면 무기력해질 수 있으니 조심해서 사용해야 할 듯하다.]

"분노의 소주? 이젠 별의별 아이템이 다 나오는 구나."

유정상은 그것을 보며 어이없어 했다.

그래도 내용을 확인해보니 강한 상대와의 마지막 순간에 사용할 수 있는 비장의 카드 같은 놈이었다. 물론 무기력해진다는 내용도 포함되어 있어서 어지간하면 사용하지 않는 편이 나을지도 모른다.

그리고 하얀색의 둥근 공 같은 것도 여러 개 보인다.

[거미의 끈끈이 줄 뭉치]

[위험한 순간에 상대에게 사용하면 발을 묶어둘 수 있다.]

이리저리 사냥에는 도움이 될 것 같은 아이템이었다.

그렇게 만족한 얼굴로 아이템들을 대충 확인하는 사이 어느샌가 백정이가 발광거미를 해체를 끝내놓고 있었다.

그것을 확인한 유정상이 곧바로 발광거미의 껍질을 인벤토리에 넣고 다리들도 따로 챙겨 넣었다.

인벤토리가 엄청 커진 덕에 이렇게 넣었는데도 자리가 제법 남아있었다.

곧바로 다시 공동을 계속 걸어갔다.

사사삭.

주변에 뭔가 움직이는 녀석이 있다는 느낌이었다.

그곳으로 시선을 돌려보니 이번에도 강한 붉은 빛이 이동하고 있다.

그곳에 커서를 가져가 보았다.

[이름: 발광거미]

[레벨: 4]

[공격력: 100]

[방어력: 110]

[생명력: 860/860]

[힘: 45]

[민첩: 29]

[체력: 70]

[지능: 5]

"여긴 발광거미들의 소굴인건가?"

곧 유정상이 커서로 놈을 붙들고는 근처까지 접근해 주먹을 날렸다.

콰앙!

"끼우우우우!"

그렇게 발광거미 사냥이 시작되었고, 곧 근처엔 발광거미가 모습을 감추고 말았다. 대충 녀석들이 정리된 것 같아 다시 이동을 시작했다.

역시 발광거미는 더 이상 보이지 않았다. 유정상의 사냥 능력 때문에 접근을 안 하는 것인지 아니면 모두 사냥 당했는지는 알 수 없었지만 말이다.

그런데 그때였다. 뭔가 지하 공동을 울리는 소리가 들려왔다.

"쿠오오오오오."

그 소리에 유정상과 백정이 움찔하며 놀랐다.

뭔가 소리에서 느껴지는 포스가 심상치 않았기 때문이다.

하지만, 몬스터에 대한 궁금증에 유정상이 소리가 나는 방향으로 조용히 움직였다. 하지만, 백정은 무서웠는지 땅속으로 파고들어간 상태로 유정상을 따라갔다.

그렇게 어느 정도 걷고 나니 공동의 끄트머리에 다다랐고 새로운 커다란 동굴이 발견되었다.

유정상이 조심스레 그곳으로 들어갔다.

살금살금 걸어가는 도중에도 소리가 간헐적으로 들려왔다.

"쿠오, 쿠오오오오!"

처음엔 몰랐지만, 소리가 어째 구슬프다. 마치 죽음을 앞둔 몬스터의 울음 같다고나 할까.

바위로 돌아가니 소리의 주인인 몬스터가 보였다.

'식인 두더지?'

지하에 주로 서식하는 두더지 몬스터로 크기는 황소보다 더 컸다. 앞니가 날카롭고 송곳니도 발달되어 간혹 육상 몬스터나 인간을 습격하는 녀석이었다.

그런데 어쩐 일인지 놈의 몸이 반쯤 땅속에 묻혀 있다.

두더지 주제에 땅속에 묻혀 빠져나오지 못하고 버둥거리는 모습이 이상했다. 하지만 주변의 흙이 식인 두더지를 중심으로 푹 꺼져 있는 모습을 보고는 녀석이 함정에 빠졌다는 걸 알 수 있었다.

그 모습을 보던 백정이도 벌벌 떤다.

아무래도 이 녀석이 천적의 냄새를 맡은 것 같았다.

그때 갑자기 식인 두더지가 소리를 지르며 몸부림치기 시작했다.

"쿠오오오오!"

우두둑.

아그작. 아그작.

식인 두더지의 아래에서 소름끼치는 소리가 퍼져나갔고, 놀란 백정은 땅속으로 파고 들어가 버렸다.

'지옥귀.'

흔하지는 않지만, 유정상도 알고 있는 몬스터였다.

이름은 지옥귀, 일명 '개미지옥'이라고도 불리는 녀석으로 구덩이에 먹이를 빠뜨려 사냥하는 놈이다. 지금 식인 두더지의 경우 빠진 아래쪽은 아마도 지옥귀의 독에 걸려 마비가 되었을 것이다. 그래서 당연하게도 저 구덩이에서 빠져 나갈 수 없는 상태다.

유정상도 지옥귀를 실제로 본적은 없다.

유명 길드에선 자주 사냥되던 놈이었지만, 9급 각성자였던 그에게 그런 레이드의 기회가 주어졌을 리 없다. 물론 짐꾼으로 참가할 기회는 있었지만, 자존심이 허락하지 않아서 거절한 기억은 있다.

아무튼 지옥귀를 사냥한 전리품은 꽤나 비싼 걸로 알고 있는 유정상이라 곧바로 놈을 사냥하기로 마음먹었다.

아직 목숨이 끊어지지 않은 식인 두더지가 마지막 저항을 하고 있지만, 곧 땅속으로 끌려가버릴 것이다.

그전에 놈을 끌어내야만 한다.

곧바로 인벤토리를 열어 모래폭탄을 꺼냈다.

그리고는 식인 두더지의 아래쪽이 묻힌 부분에 그것을 가져가 곧바로 폭파시켰다.

콰아앙!

강력한 폭발음과 함께 식인 두더지의 아래 바닥에서 비명소리가 울려왔다.

"끼아아아아!"

〈2권에 계속〉